黄金の狼は永遠の愛を捧ぐ

一文字鈴

ILLUSTRATION：カワイチハル

黄金の狼は永遠の愛を捧ぐ

LYNX ROMANCE

CONTENTS

黄金の狼は
永遠の愛を捧ぐ

プロローグ

『君のために、庭にグラジオラスの花をたくさん植えたよ。好きだと以前メールで教えてくれたから、いつか来た時に喜んでもらいたくて――。私の大切な知里(ちさと)……君に会いたいよ』

小泉(こいずみ)知里は彼から届いた最後のメールを読み返し、小さく息をついて自室の窓のカーテンをそっと開けた。

鏡のように澄んだ満月が漆黒の闇にぽっかりと浮かび、月明りが夜空に滲(にじ)んで、小さく光る星々と共に幻想的に瞬いている。

(きれいな夜空……。日本が夜中だと、スウェーデンは午後五時前後か……)

窓越しにやわらかな月光をぼんやりと見つめていた知里は、本棚からお気に入りの写真集を取り出した。美しい北欧の自然が掲載されたページをぱらぱらとめくっていく。

(ああ、なつかしい……)

目を閉じると、スウェーデンで過ごしたひと夏の思い出が淡い色の花火のようにつぎつぎとよみがえる。まぶしい太陽の日差しに包まれた色鮮やかな街並み。スウェーデンの夏季は日が長く、爽やかな天候が続く――。澄み切った青空の下で人々は湖や森に集まり、短い夏を楽しんでいた。

歴史的な建物と近代的な芸術がうまく融合し、北欧のベネチアと称(たた)えられているストックホルム。叔父の家があったダーラナ地方に広がる青空に林立した山々。真っ青な湖面が輝いていたシリヤン湖。

木彫りの馬のダーラヘスト。伝統的な赤や様々な色の木の家。清々しい空気の中でスウェーデンの夏は時間がゆっくりと流れていた。

それらの光景を思い出していると、細長く開いた部屋の窓からカーテンを揺らして涼風が入り、心地よい声が耳朶を打つ。

――僕の可愛い知里……君は運命の相手だ。必ず会いに行くよ。それまで離れていても忘れないで。

温和な声と共に、風に揺れる金髪と空のように青い双眸が瞼に浮かんだ。

楽しかった思い出の中で、幼い頃の記憶ながら、ひときわ鮮明に残っている彼の優しい笑顔。

(クライヴさん……元気にしてますか。もう僕のことは忘れてしまったのですか……)

彼からのメールが途絶えて、四年になる。

そして、スウェーデンでクライヴと出会ってから、十五年が経っていた。

1

寒さが厳しい二月――。

大学三年生になった知里は、しゅんしゅんと音を立てるやかんを横目に、急いで朝食と弁当を作っていた。

「ブロッコリーを入れて完成だ。緑色が入ると彩りがきれいだな。残りを朝食用に……熱っ」

フライパンに手が当たってしまい、知里はあわてて水で冷やす。

「びっくりした。火傷には……大丈夫みたいだ。よかった」

すぐに痛みが引いたのでほっとしながらテーブルに朝食を並べていると、階段を下りてくる足音が聞こえた。少しして父の英一郎がパジャマ姿のまま眠そうに目を擦り、台所に入ってきた。

「うー、寒い、寒い。知里、おはよう、布団から出るのが一苦労だね」

「父さん、おはよう。本当に寒いね」

「おっ、今日のお弁当も美味そうだな」

蓋をしていない弁当箱を覗き込んで、英一郎が目を輝かせた。

「父さんの好きな手作りハンバーグと、蒸しブロッコリーのチリソースがけを入れたから」

凍てつく空気に負けないような笑顔で、知里が手早く弁当箱をチェックの布で包んで手渡すと、英一郎が相好を崩した。

「ありがとう。なんだか知里は、新妻のようだなあ」

「新婚当時の母さんを思い出した？」

明るく笑って問うと、英一郎が少し照れたように「そうだなぁ」と目を細めた。

三年に及ぶ闘病の末、母の美恵子が亡くなったのは、知里が十二歳の時だった。

母の死にショックを受け、抜け殻のように無気力になってしまった知里を励ましてくれたのは、穏やかで朴訥とした父の存在と、クライヴからの優しいメールだった。そのメールは今でも暗記している。

『僕の大切な知里――お母さんのことは本当に残念だったね。辛くて悲しいと思う。でも、これからは天国で君を見守ってくれる。だから元気を出して。君がしょんぼりしていると、お母さんが心配するよ。君には大好きなお父さんがいる。スウェーデンには叔父さんや僕がいる。君はひとりじゃない。困ったことがあれば、いつでも相談してほしい――』

クライヴは、知里が六歳の時、母の美恵子と訪れたスウェーデンで出会った年上の少年で、滞在中は二人でたくさんの時間を過ごし、友情を深めた。帰国後はメールでやり取りしながら、互いの近況を報告し合っていた。

友達と喧嘩したり、テストで悪い点を取ったり、小さな悩みも日々の何気ない出来事も、クライヴにメールで送った。そのたびに彼は、親身になって前向きなアドバイスをくれ、一緒に考えてくれた。

ピロロン……。

ふいにメールの着信を知らせる電子音が鳴り、知里はあわてて携帯電話を確認する。英一郎が「友達かい？」と訊いてきた。

「……うん、大学で同じゼミを取っている清水さんから。試験のことで」

「友達といえば、スウェーデンのあの子……クライヴくんといったね。あの子ともよくメールのやり取りをしていたけど、彼からはもう、何の連絡もないのかい？」

ちょうどクライヴのことを考えていた知里の心臓が、トクンと小さく跳ねた。

「クライヴさん……？　うん、四年前から、返事がパッタリこなくなって」

「そうか、何か事情があるのかもしれないね。知里も美恵子の看病や葬儀があって、スウェーデンには一度しか行けなかったから」

「そう、だね……クライヴさんは僕のこと忘れてしまったのかもしれない……」

「そんなことはないよ。また連絡がくるかもしれないだろう？」

英一郎は元気づけようとしてくれるが、知里はクライヴの名前を聞くと消沈する気持ちを止められない。

当時十二歳だったクライヴは、今では二十七歳になっているはずだ。未だにメールを確認する時、彼からではないかと思ってしまう。もう四年も音沙汰なしなのだと自分に言い聞かせているのに、今だって友人からのメールに、もしかしたらクライヴからかも、と心のどこかで期待していた。

英一郎が知里の肩に手を置き、軽くポン、ポン、と叩いた。

「大丈夫。きっとまた連絡がくるさ。そうだ、知里――」

「うん？」

英一郎が、テーブル横に置いている鞄の中から、財布を取り出した。

「生活費は足りているかい？　お小遣いも、あまり欲しがらないけど……」

「大丈夫。この前もらったのがまだあるし、家計簿もつけているから安心して」

「そうか、今日も遅くなると思う。晩ご飯は食べて帰るから、父さんのことは心配せずに先に寝てればいいからね。何かあったらすぐに連絡して。戸締りも忘れないようにね」

「うん、わかった。父さんは心配性だなぁ」

知里が苦笑すると、英一郎は眉を下げてつぶやいた。

「それから――知里、ごめんな」

「え、何？　どうして謝るの？」

驚いて英一郎の顔を見ると、いつの間にか年を取った父は白髪が増え、口元や目元に皺がたくさん刻まれている。

「美恵子が亡くなってからずっと、寂しい思いをさせているね。家事もほとんど知里任せで、本当にすまない……だが、あと少しでかかりきりだった新薬が完成する。そうしたら仕事も落ち着くから、二人で旅行へ行こうな」

嚙みしめるように言った英一郎に、知里は朗らかな笑みを返した。

母の死後、大手製薬会社に勤める父は、多忙ながらも愛情を持って知里を育ててくれた。運動会にも授業参観にも、学校行事にはかかさず顔を出してくれた父の苦労は計り知れない。そんな父を知里は抱きしめたくなった。

「僕は家事が好きだし、父さんは仕事があるんだから、そんなに自分を責めないで。……いいね、旅行。父さんはどこへ行きたい？」

「そうだな、スウェーデンがいいな。翔吾くんにも会いたいし」

翔吾は美恵子の弟で、知里の叔父に当たる。スウェーデンへ移住し、獣医をしている彼から毎年、知里と英一郎宛てに、クリスマスカードとニューイヤーカードが届いている。

　翔吾は二、三年に一度は帰国し、美恵子の墓参りをして知里や英一郎と食事をしているが、多忙なので一泊か二泊ですぐにスウェーデンへ戻ってしまう。

「僕も翔吾さんにゆっくり会いたい。翔吾さん家に泊めてもらって、三人でスウェーデンを観光したいな」

「ああ、それは楽しそうだ。オーロラを見てみたいなぁ。新薬が完成したら早速、職場に休暇申請の相談をしてみるよ。その前に学会があるから、少し留守にするからね」

　製薬会社で医薬品の開発に従事している英一郎は、研究分野の学会に毎年参加していた。

「今年の学会はどこであるの？」

「えっと、今回はロンドンで開催されるんだよ。父さんは久しぶりに口頭での発表を任されている。いつもはポスターセッションだから緊張するよ。今から胃が痛い」

　最近太ってきた英一郎は少し出てきた腹をさすりながら苦笑し、パジャマを着替えた。朝食を掻き込むように食べている。

「……その学会は夏にあるんだ。それまでにデータをまとめないと。知里、行ってくるよ」

　あわただしく食べ終わると、英一郎が勢いよく立ち上がった。

「行ってらっしゃい、無理しないでね」

　弁当箱を鞄に入れて、英一郎が手を振って出て行く。

　手を振り返す知里の髪を、玄関から入った冷気が揺らし、小さく身震いした。

　振り返ると、テーブルの上に英一郎の財布がぽつんと置いてあることに気づき、目を見開いた。

「さ、財布――っ、父さん、財布忘れてるっ」

知里は玄関を飛び出し、バス停へ向かう英一郎の後を全速力で追いかけた。

息を切らして英一郎に追いつき、財布を手渡す。

「ははは、やっちゃったな。ありがとう、知里」

「気をつけてよ。他に忘れ物はない？」

「ん、大丈夫だ。行ってくる」

英一郎に無事財布を手渡した知里は、家に戻ると朝食を食べ、大学へ行く準備を始めた。

「さて、僕も忘れ物がないようにしないと。後はテレビと部屋の電気を消して……」

テレビのリモコンを持ち上げた直後、ＣＭからパッと動物特集の番組に変わった。画面に大きく野生の狼(おおかみ)の姿が映り、知里は動きを止める。

「――狼……。そうだ、あの狼は……ゴールドは元気にしてるだろうか」

その映像にふと、十五年前に出会った金狼(きんろう)の記憶がよみがえった。

2

十五年前――知里は六歳で、小学生になったばかりだった。

「パパ、ひとりで大丈夫？」

「そうよ、ご飯とか洗濯ものとかどうするの？」

知里と母の美恵子が心配そうに声をかける。この頃の美恵子はまだ発病する前で元気だった。

英一郎は朗らかに笑って、ドンと胸を叩いた。

「大丈夫だ、父さんのことは心配いらない。せっかく翔吾くんが誘ってくれたんだ。母さんと知里で会いに行ってきなさい」

「そう？　それじゃあ、お言葉に甘えて、そうさせてもらうわね」

多忙で休みが取れない英一郎を残し、知里の小学校が夏休みに入ると、美恵子と二人でスウェーデンに行くことになった。

知里にとっては初めての海外旅行で、飛行機に興奮し、窓の外を見てはしゃいだり、機内食を食べてうとうとしたりしているうちに、経由地を経てようやくストックホルム・アーランダ国際空港に着いた。成田(なりた)国際空港の二倍以上の広大な敷地を持つ大きくておしゃれな空港には、翔吾が迎えにきてくれていた。

「会いたかったよ、知里くん……姉さんも！」

知里を抱きしめ、翔吾が満面の笑みを浮かべる。

「久しぶりね、翔吾。元気そうで何よりだわ」

美恵子が翔吾の手を握り、姉弟で微笑み合った。

「知里くんが夏休みの間、ずっとこっちにいられるんだろう？　ゆっくりできるな。楽しみだ」

「うんっ」

「あたし、美味しいレストランに行きたいわ」

「姉さん、少し太ったんじゃない？　それとも二人目を妊娠しているの？　あいたっ」

「妊娠って、そんなに太ってないわよ、まったく翔吾はデリカシーがないんだから」

ばしばしといい音をさせて背中を叩かれた翔吾が「参った、参った」と謝っているのを見て、知里はあはははっと笑った。

その後、翔吾が運転する車で、スウェーデン中部のダーラナ地方へ向かう。

「ねえ、ダーラナってどんなところなの？」

スウェーデンは首都のストックホルムしか知らないの、と美恵子が付け足すと、翔吾が「そっか」と頷いた。

「ダーラナは昔ながらの文化や伝統が今も息づいている風光明媚でとても過ごしやすいところなんだよ」

「田舎なの？」

「うん、自然が豊かで空気がきれいだよ。ダーラナの真ん中にはシリヤン湖があって、南東部のボーレンゲ市はスキーのメッカとして有名だし、伝統的な木造建築が多くて、原初的な風景がたくさん残っている。そういう全体の雰囲気が気に入っているんだ。オレの家があるのはレクサンド市でね……」

運転しながら、翔吾がダーラナについて熱く語ったが、長時間のフライトで疲れていたので、知里も美恵子も途中から寝てしまい、誰も話を聞いていなかった。

翔吾に「着いたよ」と体を揺さぶられて、目を覚ます。

「着いたの？　あら、可愛いお家ね」

二階建ての家がつながったカラフルなテラスハウスが目を引き、美恵子が身を乗り出したが、翔吾はその向かい側を指差した。

「違うよ、オレの家はこっち。一階が動物病院で二階が住居なんだ」

古い造りの一戸建てで、ドアの横に動物病院の看板が立て掛けてある。

「ここが……思ったより小さな病院なのね」

「オレひとりでやってるから、このくらいの大きさがちょうどいいんだよ。さあ、中に入って。今日は病院を休みにしているから、誰もいないよ」

動物病院の入り口を開けて、翔吾がスーツケースを室内に運び入れる。

知里と美恵子は珍しそうに家の中を見渡した。一階には動物病院の受付、待合、診察室がある。

「わ、すごい、翔吾さん、本当に動物のお医者さんなんだ。格好いいー」

「へへっ、サンキュー、知里くん。そうだ、こっちへおいで」

ニッと笑った翔吾に手招きされ、知里は「なあに」と小首を傾(かし)げた。

「オレの病院は小規模だから入院は受け付けてないんだけど、今、怪我(けが)をした狼を保護しているんだ」

「お、狼ですって!?　だ、大丈夫なの？」

驚いている美恵子に、翔吾が「しーっ」と口に指を当てた。

「姉さん、大きな声を出さないでよ。狼の傷が深いんだから。……ストックホルムにあるスカンセン野外博物館近くで保護したんだ。もう少し回復したら、そこの自然公園に戻そうと思って。大人しい狼だから、そばに寄っても大丈夫だよ」

知里は目を輝かせる。

「僕、オオカミさん、見たい」

知里は叔父の翔吾に似たのか動物好きで、幼稚園でも飼育されていたウサギや鶏(にわとり)をとても可愛がっていた。

家で動物を飼いたいと頼んだが、美恵子は生き物が苦手なようで、いつも断られてきたのだ。

(オオカミさん、初めて見る……)

ドキドキしながら、知里は翔吾について、そっと一階の奥の部屋に入った。中はカーテンが閉められていて薄暗い。

ごしごしと擦ると目が慣れて、部屋の中央に置かれた診察用の簡易ベッドが見え、その上に金色の毛並みの狼が横になっていた。左前足と頭に巻かれた包帯が痛々しい。

「わ……オオカミさんだ」

「ちょっと、知里、そんなに近づかないの」

金狼に近づこうとした知里の肩を背後から美恵子が摑(つか)んで止める。

「オオカミさんを撫(な)でたいの、お願い」

「何を言ってるの。突然嚙みつかれるかもしれないわよ。小さな知里なんて、ぱくっと食べられちゃうんだから」

脅かすようなことを言われても、知里は目を閉じて寝息を立てている金狼が気になって目が離せない。

そんな様子を見ていた翔吾が、苦笑しながら小声で美恵子に言った。

「大丈夫だよ、姉さん。この狼は車に撥ねられたらしくて、怪我が深くて、まだ動けないんだ」

「オオカミさん、かわいそう……」

「ほら、もういいでしょ」

そばにいって撫でてあげたかったけれど、美恵子に腕を掴まれ、強引に部屋から出された。

「オオカミさん、包帯してた……痛そうだったね……」

室内を振り返る知里を見て、腰に手を当てた美恵子が渋面になって顎で階段をしゃくる。

「動物のことはもういいわ。それより翔吾、あたしと知里の部屋は二階なの？」

「うん、二階は三部屋ある。ひとつをリビングとして、もうひとつを寝室として使っているんだ。余っている部屋を姉さんと知里くんで使ってよ」

階段を上がると、すっきりとしたキッチンと、それに続く部屋が現れた。リビングにはテレビや本棚があり、きれいに片付いていた。

窓の外は、澄んだ真っ青な空と緑色の豊かな自然、そして赤色の壁の家が見事に調和していて、美しい風景画のようだった。

「素敵ね……」

「うん、山がいっぱいだね」

にっこり笑って、知里は窓の外の純美な景色をじっと見つめた。

こうして知里のスウェーデンでの夏が始まった。

動物病院が開くと、翔吾はひとりで受付をして診察もして、とても忙しそうだった。

それでも動物好きな彼らしく、様々な生き物を診察し、患者と接している姿は、知里の目から見ても誇らしく、すごいと思った。

「……それじゃあ、あたしひとりで出かけてきていい？　知里は来ないのね？」

「うん、僕、宿題してるから」

美恵子は憧れの北欧デザインを巡るのだと楽しみにしていて、今日も人気陶芸デザイナーの工房を見に、グスタフスベリ陶磁器博物館まで行くという。

この前は知里も一緒について行ったが、世界的に有名な建築やデザインといっても、まだ六歳の知里にはさほど面白いとは思えず、持ってきていた夏休みの宿題に取りかかることにした。

「宿題のドリル、今日の分はおしまいー」

鉛筆を筆箱にしまい、ドリルを棚の上に片付けると、知里は一階に下りた。

翔吾は猫を連れた患者と、待合室で談笑している。

（そうだ、あのオオカミさんの具合はどうか、様子を見に行こう）

金狼のことが気になっていた知里だが、美恵子がそばにいる時は一階の部屋に近づくことすら許されなかった。

そんな母の心配をよそに、知里は狼がいる部屋のドアに耳をつけ、中の様子を探ってみた。

「……ウ、ゥ……ッ」

中から苦しそうな呻き声が聞こえてきて、心配になりそっと扉を押し開ける。

「オオカミさん……大丈夫？」

カーテンが敷かれたままの室内は索漠としている。ドアを閉めて、ベッドで横になっている狼に恐る恐る近づいた。

「グ、ウ……、ウ、ウ……」

今日は目が覚めているようで、金狼は警戒するように唸り声を上げ、知里を睨んだ。しかし、不思議と怖いと思わない。

「大丈夫、何もしないよ。僕は小泉知里っていうの」

言葉を理解したはずもないが、それでも狼は唸るのをやめて、深い青色の瞳を知里に向けた。真っ直ぐなその双眸に、吸い込まれそうになる。

（オオカミさん、きれいな青色の目をしてる。かわいそうに、こんな怪我をして……）

そろそろと金狼のそばに立ち、そっと両手で頭に触れる。ピクッと狼の体が揺れた。

金狼は空色の澄んだ目を細め、知里を見上げている。

「車に撥ねられたの？　僕がさわると、痛い？」

「……ウゥ……」

まるで違うと言うように、狼は首を横に振った。それを見て知里はほっとし、狼の背中へと小さな手を滑らせて優しく撫でた。

「あのね、翔吾さんは僕の叔父さんなんだ。とっても腕のいいお医者さんなんだよ。だから君もすぐに元気になるからね」

話しながら尻尾に触れると、だんだんと警戒心が解かれるように、金狼の体から余計な力が抜けていった。

「オオカミさん、日本って知ってる？　僕はそこから来たんだよ」

「ウゥゥ……グルル……」

「目がとろんとしてきたね。眠いの？　僕も眠くなってきちゃった」

あふっと大きくあくびをして、知里は金狼のベッドの下に腰を下ろし、丸くなって目を閉じた。

様子を見にきた翔吾が、くすくす笑いながら眠る知里を起こす。

「知里くん、すっかり狼と仲良くなったね」

「う……ん、あ、でも、母さんには内緒にしてね」

寝起きの小声で頼むと、翔吾はわかっていると言うように朗らかに笑って頷いた。

それから数日が過ぎた。翔吾が金狼を診察する時、知里も一緒に奥の部屋へ入らせてもらった。

部屋のカーテンが開けられ、室内に明るい光が差し込むと、金狼が「クゥン……」と小さく鳴いた。

翔吾は難しい顔で傷を確認し、薬を塗って新しい包帯を巻く。

「オオカミさんの具合はどう？」

心配になって尋ねると、翔吾はくしゃくしゃと知里の頭を撫でた。

「大丈夫だよ。この狼は回復が早い。……むしろ早すぎる気がして、驚いていたところだ」

「治りが早いのはいいことだよね。よかったね、オオカミさん」

知里はうれしくて仕方がない。治療が終わった金狼に、よく頑張ったね労い(ねぎら)の気持ちを込め、少し濡れ(ぬ)ている冷たい鼻先に、そっと唇を押しつけた。

金狼の鼻先から薬品の匂いがして、小さな両手でその体を抱きしめる。

「オオカミさん、もう傷は痛くない？」

大丈夫だと言うようにペロリと頬を舐められて、知里はくすぐったくて首を竦めた。

「ねえ翔吾さん、このオオカミさんの体の金色は、こっちの言葉でなんて言うの？」

「ん？　この国の人達はスウェーデン語と英語を話すけど、両方とも、この狼の毛色は『ゴールド』って言うんだよ」

「ゴールド？　格好いいね。オオカミさんの名前、ゴールドにしよう」

もう一度知里は金狼の濡れた鼻先に唇を押しつけ、囁いた。

「よろしくね、ゴールド。僕の友達になってね」

「グゥ……ッ」

切ないような呻き声を出した金狼に、頬からうなじを優しく舐められる。

「くすぐったいよー」

知里が離れると、ゴールドは名残惜しそうに「ウゥ……」と鳴いた。

それから一週間で、ゴールドの怪我はみるみる回復し、ベッドから降りて自由に歩けるようになった。

「ゴールド、おいで」

その日、美恵子がストックホルムへ古城を見に出かけたので、知里は翔吾の許可を取り、ゴールドを二階へ呼んだ。

まだ左前足に包帯が巻かれているが、ゴールドは器用に階段を上り、リビングのソファに座る。

「ふふ……っ、人間みたいにソファに座ってる……」

刹那、甘い香りが鼻腔をくすぐった。

「あれ？　なんだろう、この匂い……。プリンみたいな甘くていい匂いがする」

つぶやいて部屋を見渡したが、室内にはゴールドしかいない。

「もしかして、ゴールドの匂いなの？」

ゴールドの隣に腰かけると、匂いがいっそう濃くなり、なぜかトクトクと鼓動が速くなる。

「やっぱり、ゴールドから甘い匂いがする。この間までお薬の匂いしかしなかったのに。不思議だなあ」

知里が目を瞬かせている間に、ゴールドが濡れた鼻先を首筋へと押し当ててきた。

「クゥーン……」

甘えるように鳴き、間近にある青色の瞳が細められる。

「ゴールド、怪我がよくなって、本当によかったね」

金狼がペロペロとまた知里の頬を舐める。まるでゴールドも怪我の回復を心から喜び、はしゃいでいるようだ。知里はなんだか無性にうれしくなり、ぎゅっとゴールドを抱きしめた。

「ふかふかして気持ちいい」

金狼のやわらかな毛皮に顔を埋め、深呼吸する。心地よい甘い香りが肺いっぱいに広がった。

「やっぱりゴールドから甘くていい匂いがするね」

今まで一度も感じたことのない匂いだ。ずっと嗅いでいたいと思うほどいい香りだった。

その夜、知里はゴールドの背に乗って、大草原をどこまでも走る夢を見た。大好きなゴールドと一緒なら、どこまでも駆けていける気がした。

翌朝、翔吾に起こされた。彼は眉を下げて囁く。

「知里くん、ゴールドがいなくなったんだ」

「えっ!?」

飛び起きて翔吾と二人、ゴールドを探したが、室内にその姿はなく、甘い匂いも消えていた。

一階の奥の部屋の窓が開いている状態で、夜中のうちにゴールドは鍵のかかっていないそこから出て行ってしまったのかもしれない。

「怪我の具合がよくなったから、明日にでも自然公園に戻そうと思っていたところだった……。知性を感じる狼だったから、自分で帰ったのかなぁ」

「ゴールド、いなくなっちゃったの？　せっかく仲良くなれたのに……、お願い翔吾さん、ゴールドを探して」

「知里くん、ゴールドはきっと家族の元へ帰ったんだよ」

翔吾の言葉を聞き、知里の目にじわりと涙が浮かぶ。

「僕、もっとゴールドと一緒にいたかった」

「知里くん……」

翔吾が知里の小さな肩を優しく抱き寄せてくれた。

「気持ちはよくわかるよ。でも元気を出して。知里くんがそばで声をかけて励ましてあげたから、ゴールドは早くよくなったんだ。きっとゴールドは知里くんのことを忘れないと思うよ」

「うん……、僕もゴールドのこと、忘れない……っ」

ゴールドが出て行った窓の外に、レクサンドの楚々(そそ)とした眩(まばゆ)い風景が広がっている。

「ゴールド、元気でね。大好きだよ……」

豊かな自然に、知里はそう告げた。


知里がクライヴに出会ったのは、それから四日後だった。

翔吾の動物病院を訪れた金髪碧眼(へきがん)の美少年は、覚えたてのようなぎこちない日本語で「これを拾ったんだ」と二Bの鉛筆を知里に差し出した。

『こいずみちさと』と名前が書かれたそれは、いつの間にか筆箱からなくなっていた知里の鉛筆だった。

「僕の名前はクライヴ・フォルリング、十二歳だ。知里、僕と友達になってくれる？」

なぜ自分の名前を知っているのか不思議に思ったが、彼の青色の瞳を見ていると初対面という感じがしない。何よりゴールドがいなくなって寂しかった知里は、その日を境に入れ替わるようにやってきた少年に誘われてレクサンドの街を駆け回るようになった。

クライヴは地元の子供らしく土地勘があり、森の中へ入ってブルーベリーを摘んだり、ナショナルパークへキノコ狩りへ行ったり、いろいろと楽しい場所に連れて行ってくれた。

ゴールドがいなくなってから胸にぽっかり穴が空いているように感じていたが、クライヴという異国の友人ができて知里の心は満たされた。

シリヤン湖でもよく二人で泳いだ。クライヴは足も速かったが泳ぎも上手で、知里に泳ぎ方を教えてくれた。スウェーデンならではのレンガ色の小さな木造の家が立ち並ぶ美しい景色と共に、クライヴのまぶしい笑顔が記憶に刻み込まれた。

そんな充実した夏休みを過ごし、迎えた帰国当日は、クライヴとの別れが辛く、空港に見送りにきてくれた彼の顔をまともに見ることができなかった。

「手紙を書くよ。だから知里も僕に返事をくれる？」

クライヴの提案に知里は大きく頷き、差し出された手をぎゅっと握り返した。次にその手を引かれ、包み込むようにクライヴの腕に抱きしめられた。

「やっぱり、君の匂いは甘いね」

耳元で囁かれた言葉の意味がわからず小首を傾げると、そっと体を離したクライヴに優しく頭を撫でられた。

「知里、君は僕の運命の相手だ。だから必ず迎えに行く。その日までずっと手紙を出すから、僕のことを忘れないで……」

お別れのしるしに優しく額に口づけられ、あたたかな温もりを残したまま知里は日本へ帰国した。

クライヴとゴールドの思い出を胸に日本に帰った知里は、十日ほどしてクライヴから手紙を受け取った。六歳の知里が読みやすいようにほとんどひらがなで書かれた手紙は、『たいせつなちさと、げんきですか』という書き出しで始まり、スウェーデンでは夏休みが短く、もう学校が始まったことなどが書かれていた。

小学校で字を覚えたばかりの知里は、濃い二Bの鉛筆で一生懸命に返事を書いた。

知里が漢字を覚えるのに合わせるように、クライヴからの手紙も漢字が増え、二年目の春が過ぎた頃、知里はパソコンで文字が打てるようになり、クライヴとの文通はメールへと変わった。

中学生になると、いつかクライヴに会いに行く時のために、メールを日本語から英語に変えてもらった。おかげで英語が最も得意な教科になった。

時が経ち、知里が高校生になってからも、たびたびクライヴからのメールには『知里は私の運命の相手だ。君を迎えに行くから待っていてくれ』と告白のようなメッセージが書かれていた。

運命の相手という意味はよくわからなかったが、そのメールが届くたびに、知里はうれしいような恥ずかしいような気持ちを噛みしめていた。

でも、知里が十七歳の時、電池が切れるように突然クライヴからのメールが途絶えた。

二十三歳になったクライヴは大学を卒業して院に進学し、投資家として活動を始めたと報告を受けたところだった。

そして、知里が大好きなグラジオラスの花をたくさん庭に植えた、という知らせが、彼から届いた最後のメールになった。

何かあったのかと思い、知里から何度もメールを送ったが、一向に返信はなかった。

『クライヴさん、僕、獣医学科を受験する予定です。翔吾さんと同じ獣医を目指そうと思っています。クライヴさんは忙しいですか？　無理をしないでくださいね。それじゃあ、また――』

高校三年生の知里が送った最後のメール。それにもクライヴからの返信はなかった。

きっともう二度と返事はこないのだろう。そう思うと胸が強く締めつけられ、心の奥底が冷たく震えた。

3

知里はゴールドを助けた翔吾のように、動物を助ける仕事がしたいと思い、獣医学科へ進んだ。

一方、新薬の開発に携わっている父の英一郎は、春を迎えて仕事が多忙で、相変わらず帰宅は深夜の日々が続いている。

そうしているうちに英一郎の学会発表が行われる夏がきた。

ロンドンへ出張する日、英一郎は汗を拭きながら何度も心配そうに同じことを繰り返した。

「いいか、知里。父さんは一週間で戻るから。その間くれぐれも戸締りを忘れずにね。生活費はいつもの引き出しに入れておく。もし何かあれば、父さんの携帯にすぐに連絡するんだよ」

「大丈夫だって。もう子供じゃないんだから」

「……そうだね。知里はもう二十一歳だし、父さんなんかよりよほどしっかりしている。それでも不安なんだ」

「心配しすぎだよー」

知里が苦笑すると、英一郎が眉を下げ、頬をほころばせた。

「……それじゃあ知里、行ってくるよ」

「忘れ物はない？　気をつけて、行ってらっしゃい」

片手を挙げ、知里を案じながら家を出る英一郎を見送る。この時は、父は予定通り一週間で帰ってくると信じていた。

「……父さんから電話がないって、どうしたんだろう」

新薬開発部門の研究員をしている英一郎は、よく学会や出張に出かけたが、心配性の父は一泊でも家を空ける時は知里の身を案じ、毎日のように電話を入れてきた。それなのに今回は学会が終わったと連絡を受けた後、一度も連絡がなかった。

(海外で時差があるから、気を遣って電話してこないのかな？　でもメールもないなんて)

カレンダーを確認すると明日が英一郎の帰国予定日だ。

帰国の連絡がなかったことを訝しむが、きっと忙しかったのだろう。英一郎が帰ってくるのが待ち遠しく、出迎えの準備に心が躍る。

「明日は父さんの好物をたくさん作ろう。筑前煮と鯖の味噌煮、それから茄子の味噌汁……」

翌日、知里は食卓にごちそうを並べて待った。しかしその日、英一郎は戻ってこなかった。

(帰国予定日なのに……。まさか事故か何か……)

英一郎の携帯電話に連絡を入れると、電源が入っていないというメッセージが流れた。今までこんなことはなかったので知里の胸に不安が広がる。翌日になってようやく、英一郎からメールが届いた。

『用ができたので仕事を休職し、北欧を回ってくる』

(えっ、たったこれだけ？)

短かすぎるメールは、今どこにいるのか、いつ戻ってくるのかについて、何も触れられていない。

再び電話をかけてみたが、また電源が切られているというメッセージが流れて通じない。

(おかしい……。仕事が忙しいはずなのに、休職してまで北欧を回るなんて)

すると、英一郎から再度メールが届いた。

『書斎の机の二番目の引き出しにＵＳＢがある。そのデータをメールですぐに送ってほしい』

（ＵＳＢ……？）

　突然どうしたんだろうと小首を傾げながら階段を上り、二階の奥にある英一郎の書斎の扉を開けた。閉め切っている室内はむっと熱がこもっていて、小さく息をつく。窓際にある大きな机には、書類や資料が山積みになっていた。

「えっと、机の引き出し……二番目……」

　引き出しを開けると、英一郎のメールに書いてあった通り、ＵＳＢがあった。

「これだ。データをメールで送ればいいのか」

　自分の部屋に行き、パソコンを立ち上げ、ＵＳＢを接続する。しかし、パスワードがかかっていて開かない。

『パスワードがかかっているから、ＵＳＢを開けないよ』

　そうメールすると、少しして返事が届いた。

『それなら、ＵＳＢごと送ってほしい。住所は……』

　メールに書かれた住所はスウェーデンのウプサラという街だ。

（スウェーデン？　本当に北欧を回っているの？）

　鼓動がトクトクと速まるのを感じる。

『父さん、いつ日本に戻ってくる予定？　仕事は大丈夫なの？』

　メールを送ったが、しばらく待っても返事はこない。電話をかけてもつながらない。

　父のこんな不可解な行動は初めてで、知里は不安で仕方がなかった。

「そうだ、父さんの会社に訊けば……」

英一郎の勤務先の製薬会社へ連絡を入れようとした時、玄関のチャイムが鳴った。

来訪者はひとりの男性だった。

「お世話になっています。小泉さんと一緒にロンドンの学会に参加した杉元（すぎもと）といいます。知里くんのことはお父さんからよく聞いています。自慢の息子だと……秋には年休を取って、一緒に旅行に行きたいと話されてました」

杉元という名前は、英一郎から聞いたことがある。仕事の同僚で、語学が堪能だという友人だ。

「……杉元さん、父が帰ってこないんです。北欧を回るとメールがあったのですが、何か事情を知りませんか？」

小太りで丸顔の彼は、目を丸くした。

「小泉さんから連絡があったんですか？　それじゃあ、無事なんですね」

「え、どういうことですか？」

不安そうな知里の顔から目を逸（そ）らし、杉元は申し訳なさそうに旅行鞄を知里へ差し出した。英一郎がロンドンへ経つ時に持って行った鞄だ。

「小泉さんは学会発表後、何も言わず、荷物を置いたままいなくなってしまったんです。そんな身勝手な行動を取る人ではなかったので心底驚いて、地元警察に捜索を頼んだのですが、見つかりませんでした。ずっと休みなく働いていたので、あまりの疲れからひとりで日本へ戻ってしまったのかと思って帰ってきたのですが……」

鞄を受け取り、荷物を届けてくれた杉元に礼を言う。彼は心配そうな表情で、英一郎のことを日本の警察へ届けた方がいいと言い、会社へは自分が報告する旨を伝えると、口元を引き締めたまま帰って行った。

(父さん、どこにいるの……)

不安が込み上げ、知里はその日のうちに杉元の進言通り警察に行き、捜索願を提出した。

警察でそれまでの経緯を話すと、出入国記録に係る開示請求を法務局へ請求してくれた。

その結果が届いたが、英一郎がロンドン・ヒースロー空港で降機していることまでしか確認できず、現在どこの国にいるかはわからなかった。

外務省に所在調査を依頼できるのは、半年以上所在が確認されていない場合だけだという。

(USBの送付先がスウェーデンということは、父さんはそこにいるのかもしれない)

先日、英一郎が勤める製薬会社の人事から電話があり、現地の日本人大使館にロンドンを出国したかどうか確認を取っている、との報告を受けた。

それでも知里は居ても立ってもいられず、叔父の翔吾に電話をかけた。七時間の時差があるので、スウェーデンは早朝だと思うが、呼び出し音の後、すぐに翔吾の「はい」という声が聞こえた。

「もしもし、翔吾さん？　久しぶり、知里です――」

『知里くんか！　元気かい？』

「はい。あの、父がスウェーデンにいるようなんですが、翔吾さんのところへ何か連絡がありませんでしたか？」

『えっ、義兄(にい)さんがスウェーデンに？　いや、まったく知らなかった。どういうこと？』

知里は英一郎がロンドンの学会に出席したこと、急に北欧を回るとメールが届き、USBを送るようにとスウェーデンの住所を指定してきたことなどを手短に話した。

『……そうなのか。でもオレのところにはまだ何の連絡もないよ。それにしても、慎重な義兄さんが知里くんを置いたまま、急にひとりで北欧へ行くなんておかしいな……』

心配性の英一郎が、知里の身を案じる言葉もなく、いつ帰るかも告げないなんて、今までこんなことは一度もなかった。

「翔吾さん、僕、何だか嫌な予感がします。大学が夏季休暇に入るし、スウェーデンで父さんを探したいんです」

受話器を持つ手が小刻みに震えて、父に何かあったのではという危惧に、胸が千々に乱れてしまう。

『わかった。オレの方はいつでも大丈夫だから、着替えだけ持ってスウェーデンにおいで。二人で探せば、きっと義兄さんはすぐに見つかるよ』

「ありがとうございます、翔吾さん……」

電話を切ると、知里はすぐにスウェーデンへ向かう準備に取りかかった。


経由便でストックホルム・アーランダ国際空港に降り立つと、夏とは思えない、乾いて清涼とした風が吹いていた。湿度の高い日本に比べて、こちらの夏はとても過ごしやすい。

(十五年前を思い出す。あの時も涼しいと思った)

当時は母の美恵子と二人だったとなつかしく思っていると、翔吾から電話がかかってきた。

『知里くん、空港に着いたよ。今どこにいる?』

「えっと、国際線ターミナルの出口付近です。……近くに航空会社カウンターが並んでいます」

『わかった、ターミナル五番だったね。そこを動かないでくれ。すぐに行く』

着替えだけ詰めたバッグを背負い、きょろきょろと周囲を見渡すと、大きなスーツケースを手に足早に歩いて行くサラリーマン風の男性や、夏休みを利用した学生の集団、それに家族連れなどが空港内を行き交っていた。

「知里くーん！」

翔吾が手を振りながら笑顔で駆け寄ってくる。三年ほど前に美恵子の墓参りで会った時と変わらず、彼はいつもの黒縁の眼鏡(めがね)をかけて、ラフなカラーシャツにデニム姿だ。

「翔吾さん！」

「知里くん、背が伸びたね。オレとそう変わらないじゃないの」

知里は三年間で背が伸び、翔吾とほぼ同じ、百七十センチになっていた。

「すっかり大学生っぽい雰囲気のイケメンになって、もう可愛いって抱きしめられないなぁ」

目元を緩め、翔吾が知里を見つめている。

「翔吾さんの動物病院はどうですか？」

「ああ、おかげさまでうまくいってるよ。知里くんも獣医を目指しているんだろう？」

大きく頷いた知里は笑顔で答える。

「僕は翔吾さんがゴールドを治療しているのを見て、獣医に憧れたんです」

彼に獣医を目指すきっかけを話すのは初めてで、翔吾の眼鏡の奥の瞳が大きく見開かれ、うれしさと照れくささが混じった笑みが浮かぶ。

「そうだったのか。すごくうれしいよ。それにしてもゴールドってなつかしいな。確か金色の毛をしたスカンセン野外博物館で保護した狼だったね」

「そうです。賢くて、甘い匂いがしていました」

「匂い……？　まあいいや。それじゃあオレの家に行こう。義兄さんのことを詳しく知りたい」

優しく肩を叩いて促され、二人で駐車場へと歩き、翔吾の運転する車でダーラナ地方のレクサンドへ向かった。森に囲まれた赤色の家々が見え、豊かな自然が視界いっぱいに飛び込んできた途端、ゆったりと時間が流れ始める。

「わぁ、すごくなつかしい……ここは変わらないですね」

「そうかい？　さあ、着いたよ。知里くんはこの部屋を自由に使ってくれ」

階段を上ったところにある、十五年前に知里と美恵子が使った部屋に案内された。バッグを置き、窓を開けると爽涼とした風が入ってきた。

「コーヒーを飲もう。知里くんはアイスとホット、どっちがいい？」

「僕、あたたかいコーヒーが飲みたいです」

翔吾がコーヒーを淹れてくれ、二人でリビングのテーブルに向かい合って座った。コーヒーのよい匂いが室内に広がっている。

「美味しい……」

ひと口飲んでほっと息をつくと、マグカップを置いてバッグの中を探し、ＵＳＢを取り出して翔吾の前に置いた。

「翔吾さん、これが電話で話した、父さんが送ってほしいと言ってきたＵＳＢです」

「普通のＵＳＢだな。ちょっと確認させてね」

テーブルの上のノートパソコンにＵＳＢを差し込んだ翔吾が、難しい顔になった。ごくごくと喉を鳴らしてコーヒーを飲み、知里へＵＳＢを返す。

「……本当だ、パスワードがかかっているね」

「僕、父さんに何かあったんじゃないかと心配なんです」

「何かって？」

「トラブルに巻き込まれたり、最悪、誘拐されたり……一緒に学会に参加した杉元さんの話では、父さんは口述発表が終わった日、何も言わずに荷物を置いたまま、ふらっといなくなってしまったそうなんです」

仕事熱心な英一郎が、誰にも告げず行方をくらますなんておかしい。それに知里に何も言わずに家を空けるのも。無意識のうちに表情が強張り、知里はぎりっと奥歯を噛みしめる。

翔吾は、そんな知里を落ち着かせるように温和な笑みを浮かべ、首を横に振った。

「確かに連絡がつかないのは心配だけど、そんなに思いつめると知里くんがしんどいよ。とりあえず、ＵＳＢを送れと指定してきた住所へ、明日行ってみよう」

その住所は、北欧最古の大学があるスウェーデン中部の都市、ウプサラだ。

翌朝、翔吾の運転する車で、ＵＳＢを送るように指定された住所へ向かった。

ウプサラはスウェーデンで四番目に大きな都市だが、人口はさほど多くなく、文化的な歴史を感じさせる静かで落ち着いた雰囲気の街だ。フューリソン川付近に停車し、そこから指定された住所まで歩く。狭い路地に入り、翔吾が足を止めた。

「知里くん、義兄さんが指定してきたのは、このアパートだ。えっと二〇四号室……二階だ」

奥まった場所にある、古い木造アパートの階段を上がる。

玄関の呼び鈴を鳴らすと、少しして半袖Tシャツに半ズボンというカジュアルな服装の二十代とおぼしき若い男性が二人、顔を出した。彼らは知里と翔吾を見て、訝しげに眉根を寄せている。

「――どちら様ですか？」

流暢な英語で訊かれ、翔吾が尋ねる。

「我々は人を探しているんですが、お二人はここに長く住んでいらっしゃるのですか？」

頬から首筋にかけて赤銅色の痣がある、背の高い男が口を開いた。

「ええ、数年前からこの部屋に住んでいます。こっちは私の弟です」

どうやら兄弟のようだ。知里は携帯電話を取り出し、英一郎の写真を画面に映して、彼ら二人へ見せた。

「この日本人男性を知りませんか？　僕の父親なんです。父はＵＳＢを送るようにとこの住所をメールで知らせてきたんですが……」

若い男二人は、知里の頭の天辺から爪先までじろじろと見つめながら、内緒話を始めた。

じきに痣のある兄の方が知里を睨むように見つめ、低い声を出した。

「それで、送るように言われたＵＳＢは、持ってきたんですか？」

知里の手がぴくんと震えた。本能的に、バッグの中に入っているＵＳＢを渡してはいけないような気がした。

「……いいえ。持ってきていません。僕はただ父を探しにきたんです。父がどこにいるかご存知ありませんか？」

声が上ずってしまう。二人は顔を見合わせ、知里へ向き直った。

「小泉氏は我々にUSBを受け取ってほしいと言い残して、北欧を回ると言って旅立ちましたよ」

「父とはどういうご関係ですか？　行先はご存知ないんですか？」

重ねて尋ねる知里に、男たちは鬱陶しいというように眉をひそめた。

「ロンドンの学会で知り合いました。ただUSBを受け取るように言われているだけで、行先とかは知りません」

それだけ言い置いて、ドアを閉めようとする彼らに、翔吾があわてた。

「ちょっと待ってください。なぜあのUSBが必要なのでしょうか。何か知っているのなら……」

「我々はUSBを受け取るよう言われただけです。とにかく、USBを持ってきてください。話はそれからです。もうお引き取りください」

誰に受け取るよう指示されたのだろう。父ではない気がするが、それを問う前にバタンと音を立ててドアが閉められ、鍵までかけられてしまった。知里と翔吾は仕方なくアパートを後にする。

「うーん、どういうことだろうね」

「翔吾さん、僕、すごく嫌な予感がします……」

「そうだね。今の二人、義兄さんの知り合いって感じじゃないよね。USBを渡さなくて正解だと思うよ」

「でも、これ以上手がかりが……翔吾さん、どうしたらいいでしょうか」

「――よし、日本大使館へ相談に行こう」

翔吾の運転する車で、ウプサラからストックホルムにある日本大使館へ向かう。

現地警察へ相談し、英一郎の入国の証明がつき次第、何か情報があれば現地警察もしくは大使館から、知里の携帯電話に連絡が入るように依頼した。

「後は連絡を待つしかないね」

翔吾がつぶやいた。

（……父さんは一体どこに……。どうか無事でいて）

何度電話をかけても電源は切られたままだし、メールを送っても返事がない。不安が募る一方だ。

大使館を後にしてウプサラまで戻り、再度アパートを見上げたが、カーテンが閉められ、中の様子は窺い知ることができない。

「この辺りを少し散歩してみようか、知里くん」

「はい」

何か手がかりがあるかもしれないと思い、知里は翔吾と共に車を降りて石畳の道を歩いた。

「そんなに落ち込むことはないよ。大使館にも行ったし、スウェーデンにいるならすぐに見つかるよ。メールにあった通り、今頃義兄さんは北欧をふらりと旅しているだけかもしれない」

翔吾が優しく背中を叩いた。

「……そうだといいんですが……」

「元気を出そう、知里くん」

翔吾に励まされ、深呼吸してうつむいていた顔を上げる。

古い建物が多く残る、緑や花々が美しい古都ウプサラの街を歩いていると、翔吾の言ったように知里の懸念は杞憂にすぎない気がして、気持ちが浮上してきた。

（そうだ、落ち込んでいても仕方がない。父さんはきっと大丈夫だと信じて、連絡を待とう）

自分に言い聞かせるように両手で頬を叩いた。

「あっ、知里くん、見て！　結婚式だ」

翔吾が指差した方を見ると、白い教会に多くの人たちが集まっていた。スウェーデンの教会は古くて粛然とし、なんともいえない趣がある。

「結婚式……？」

「行ってみよう」

石畳の道を足早に進んでいくと、オルガンの音と歓声が聞こえてきた。教会内には平服に近い服装の人々がたくさん集まって祝福している。

「わあ、素敵な雰囲気ですね。あれっ？」

中央で人々に囲まれている二人が、両方とも男性だと気づいて、知里は目を瞬かせた。

「ああ、この国では同性婚が認められているんだよ」

「……同性婚？　男同士で夫婦になるんですか？」

「スウェーデンだけじゃないよ。ヨーロッパではイギリス、フランス、オランダ、スペイン、デンマーク、ノルウェー……それらの国々で同性婚が認められているんだ。世界全体の動きとしても、同性婚を認める国は増加傾向にあるんだよ」

「知りませんでした。あ……っ」

「どうかした？」

「いいえ……」

知里の脳裏を過ったのは、連絡が途絶えたままのクライヴが、かつてメールで頻繁に書いてくれた言葉だった。

『私の可愛い知里……大好きだよ。君は私の運命の相手だ。いつか必ず君を迎えに行く』

外国人だから、友愛を大袈裟に表現しているだけなのかと思いながらも、彼の甘い言葉がうれしくて、くすぐったかった。

(そういう意味で好きって言ってくれてたとか……？　いや、まさか……)

小さく首を振り車まで戻ると、携帯電話を確認した翔吾が眼鏡をくいっと押し上げ、頭を掻きながら振り返った。

「知里くん、ごめん。急患の連絡が入った。よく来てくれる猫のシェリーが怪我をしたらしい。お転婆な猫だから仕方ないなぁ。……オレは帰るけど、知里くんはどうする？」

「僕は……もう一度ストックホルムへ行って、街中を探してみます」

北欧最大の都市、ストックホルムの街を探せば、何か父のことがわかるかもしれない。

「わかった、この国は治安がいいから大丈夫だとは思うけど、気をつけて」

翔吾がウプサラ中央駅まで車で送ってくれ、そこからひとりで電車に乗る。流れ行く窓の外の景色を見つめていると、疾駆する電車はまもなくストックホルムに着いた。

北欧のベニスと称される、群島に囲まれた美しい街は、多くの観光客で賑わっていた。

(……もし父さんがスウェーデンにいるなら、どこへ行きたいと思うだろう)

駅で購入したストックホルムの地図を開き、英一郎が好きそうな旧市街ガムラ・スタンへ向かう。

大聖堂の他に王宮などもあるこの街は、色とりどりの建物が並び、中世の時代にタイムスリップしたかと錯覚するほど情趣がある。

リッダーホルム教会の前を通りかかった時、視線を感じて知里は足を止めた。周囲を見渡したが、特にこちらを見ている人はいない。

(誰かの視線を感じたけど、気のせいかな)

石畳の道に視線を戻し、歩いて行く。ふと、先を歩いている人の中に黒髪の中年男性の後ろ姿が見え、父に似たシルエットに息を呑んだ。

「と、父さん？」

知里はその男性の後を追って駆け出した。通行人と肩が当たってしまい、「すみません」と謝りながら見失わないように懸命に追いかける。

ベルツェリー公園の手前まで走ってようやく追いついたが、振り返ったのはまったくの別人だった。

「待って、父さん！　……あ」

「……すみません、人違いです」

肩で息をしながら頭を下げ、知里は周りを見渡した。

いつの間にか周囲には豪邸が立ち並んでおり、おしゃれなカフェの看板に『エステルマルム店』と書かれている。

(ここがエステルマルム……クライヴさんのいる街だ)

彼からのメールで『家の近くにあるエステルマルムの市場は、新鮮で美味しい食材が売られている。いつか知里を連れて行きたいよ』などと、たびたびエステルマルム市場の話題が出て、行ってみたいと思っていた。

（……この近くに、クライヴさんが住んでいるんだ）

知里は立ち止まり、眉を下げ思案する。

何度もメールを送ったのに、四年前からぱったり返事がきていないことを思うと躊躇してしまうが、クライヴと長い間メール交換し、いろいろと相談に乗ってもらっていた。

母が亡くなった時には慰めてくれ、日々の出来事を互いに綴り合い、知里はクライヴから届くメールに励まされて大きくなった。だからこそ、彼から連絡が途絶えたことが悲しくて切なかった。

自分とのやり取りが面倒になったのだろうか。小さな悩みにも優しくアドバイスしてくれ、親身になって励ましてくれたクライヴから突然連絡が絶えてしまったことが、知里の心の中でこの四年間、ずっとひっかかっていた。

『私の大切な知里……何でも相談してほしい。私はいつも君の味方だよ』

優しいメールの言葉が思い出され、ぎゅっと拳を握りしめる。

（理由を話せば、クライヴさんなら父さんを探すことに協力してくれるかもしれない。それにずっと知りたかった、急にメールの返事がこなくなった理由を……）

再会するのは少し怖い。それに突然会いに行ったら迷惑かもしれないし、留守かもしれない。それでも自分は今、彼が住んでいるスウェーデンのエステルマルムにいる。

知里はぐっと顔を上げ、大勢の人が集まっているエステルマルム市場へ向かって歩き出す。

百年以上の歴史を持つ屋内市場はリノベーションされ、新しくなったばかりの広い店内に、野菜や肉、シーフード、果物、お菓子、パンなど様々な種類の食材が売られている。

知里は出店の中年女性に英語で尋ねる。

「すみません、この辺りにクライヴ・フォルリングさんのお宅はありますか？」

フルネームがすらすらと出てきて、四年経ってもずっと覚えていたことに内心驚いていると、恰幅（かっぷく）のよい女性がその名前を聞いて、丸い顔をほころばせた。

「まあ、クライヴさんのお知り合い？　あの方は本当に素晴らしい方ね。お若いのにこの国のために多額の寄付をしたり、いろいろと尽力なさっているのよ。大きな家だからすぐにわかるわ」

そう言うと、にっこり笑って親切にメモ帳に地図を描き、丁寧に場所を教えてくれた。

4

広い庭付きの豪奢な住宅が建ち並ぶ通りの中でも、ひときわ大きな家を知里は唖然と見上げた。

「すごい……ここがクライヴさんの家？」

門の奥に広がる庭園とプール、それらを囲むように三階建ての屋敷が見え、知里は門扉の呼び鈴を鳴らすこともできずに立ち尽くした。

（さっきの市場の人が、クライヴさんが寄付とか国のためにいろいろしてるって言ってたけど、個人の家に見えない）

このまま立ち去りたい衝動に駆られながら門についている呼び鈴に指を置くと、緊張から背中を冷たいものが滴り落ちた。

ふと、豪華な門扉越しに人影が見え、心臓が大きく跳ねる。

（ク、クライヴさん？）

メールをやり取りしている時もクライヴは自分の写真を送ってこなかったので、彼を見るのは十五年ぶりだ。同じように知里も写真を送ったことがない。連絡は四年前から途絶えているし、今日来るなんてもちろん知らないはずだ。知里が名乗ったら、彼はきっと驚愕するだろう。

ドッ、ドッ、と心臓が暴れ、緊張のあまり胃が痛くなってきた。

門の外から目を凝らすと、門扉越しに見える人影はライトブラウンの髪をした、まだ十代くらいの可愛らしい雰囲気の男性だとわかった。

（クライヴさんは金髪だった。あの人は誰だろう。弟さんかな？）

でも、確か兄弟はいないとメールに書いてあった気がする。彼は庭園の薔薇の花を摘みながら、門の方へと歩いてきた。どうやら知里に気づいたようだ。

「……どなたですか？」

英語で声をかけられて、知里も英語で答える。

「あ、初めまして。僕は……その……」

緊張して口ごもってしまう。訝し気に眉をひそめた彼が門越しに知里を睨み、口調を変えた。

「こそこそ覗いて、怪しい奴だなぁ。日本人？　それとも中国人？」

「え？　あ……」

不穏な空気に、このままでは追い返されそうだと思い、思い切ってクライヴの名前を出してみる。

「僕は日本人です。ク、クライヴさんに会いたいんですが」

明るい茶色の前髪の下、同色の瞳を眇めるようにして、彼は「はあっ!?」と大きな声を上げた。

「クライヴ様に何の用？」

「……頼みたいことがあるんです。父のことで」

彼は渋面になってツンと顎を上げる。

「父親のことって……。それは私事だろ？　厚かましいなぁ。お前、わかっているのか？　フォルリング家は旧貴族の家柄で、クライヴ様はその跡取りなんだぞ」

「え、旧貴族？　それでこんなすごいお屋敷に住んでいるんですね……」

それは初耳だった。知里が感心すると、彼は咳払いをして続ける。

「その上クライヴ様は、世界有数の投資家として活躍されている。凡人が簡単に会える人じゃないんだ。わかったらとっとと帰れ」

「あ……っ、待ってください。僕はクライヴさんとメールを交換していた、ゆ、友人なんです」

「嘘をつくな。クライヴ様がお前みたいな怪しい奴と知り合いのわけがない」

門の向こうでしっしっと犬を追い払うようにして、彼は知里に帰るよう促してくる。

どうしようかと戸惑っていると、車の音が聞こえ、黒塗りの高級車が近づいてきた。門扉が自動で上がり、静かに車が庭園内へ入って行く。運転席をちらりと見たが、日差しが反射して、車内の様子はよくわからなかった。

すぐに門扉が自動で下り、知里は目を瞬かせた。奥に見えるプールの横にガレージがあるようで、その中へ車が滑り込む様子を白い門越しに見つめていると、茶色の双眸を細めた彼が苛立った声を上げた。

「何をぼうっとしているんだ。さっさと帰れと言ってるのが聞こえないのかよ」

不機嫌になった彼が再度何か言おうとした直後、彼の背後から温容そうな声がかかった。

「テオドル、どうかしたのか？」

声の方に視線を向けると、すらりと長身の男性が立っていた。日差しを受けて煌めく髪は金色で、端麗な顔立ちが目を引く。

水色の半袖シャツに紺色のスラックスを合わせただけのカジュアルな服装なのに、彼からは品のよさが伝わってきた。

（……すごくきれいな人。宝石のような青い目をして、金髪で……）

風になびく金髪が形のよい額にかかり、妖艶とした雰囲気をかもし出している。思わず口を開けたまま見つめていると、彼も驚いたように目を見開き、じっと知里に視線を注いでくる。

「——知里？」

かすれた声が耳朶を打ち、思わず息を呑んだ。

（えっ……？）

今、名を呼ばれたのだろうか。返事をしようにも喉が強張ってしまい、声が出ない。

（もしかしてこの人……、この人が……）

心臓が大きく軋み、唖然と立ち尽くしていると、金髪の彼がゆっくりとこちらへ歩み寄って門扉を開けてくれた。

「——日本から来てくれたのか……。そんなところに立ってないで、中に入ってくれ」

青色の瞳が真っ直ぐに知里を見つめている。

「クライヴ様、でも……っ」

ライトブラウンの髪の若者が焦った様子で詰め寄ってきた。

知里は凍り付いたように固まって、じっと彼——クライヴを見つめる。足が地面に張り付いたように動かない。

「大丈夫だよ、テオドル。彼は知り合いだ」

クライヴは静かに言い、知里へと視線を移した。

会ったのは十五年前……。十二歳のクライヴを見て、すらりとして手足が長くて格好いいと驚いた記憶があるが、今はさらに長身になり、目を瞠るほど整った顔立ちの美青年になっている。

彼は知里がスウェーデンに来ていることなど知らないはずだし、まだ名乗っていないのに、なぜ知里だとわかったのだろう。

「――知里、どうした？」

「ク、クライヴさん……ですよね？　は、入ってもいいですか？　失礼します」

深呼吸して、彼が開けてくれた白い門扉の中へ入る。大きすぎる庭には立派な木々や美しい花々が植えられ、プールだけでなく噴水も見える。奥には驚くほど大きな三階建ての洋風の建物がそびえていて、知里はその豪華さに驚嘆して立ち尽くした。

「――久しぶりだね」

「は、はい、お久しぶりです」

ぎくしゃくとお辞儀をする知里をクライヴが黙って見つめ、彼の隣でテオドルと呼ばれた茶髪茶眼の彼が眉間に縦皺を刻んでいる。

おずおずと知里は口を開いた。

「あの……、クライヴさんはどうして僕のことがわかったんですか？　お会いするのは十五年ぶりなのに」

「一目見てすぐにわかったよ。だって……いや、何でもない」

思わず口が滑ったという表情になったクライヴが浅くため息をつくと、さわさわと園庭の葉をゆるやかな風が揺らした。

「ク、クライヴさんは、すごく背が高いですね」

知里が話しかけると、ふっとクライヴが小さく微笑んだが、彼はすぐに口元を引き締めた。

「君も、想像していた以上に背が伸びている」

「それは……クライヴさんと会った時、僕はまだ六歳でしたから」

微笑んだ知里から目を逸らし、クライヴが静かに尋ねた。

「――君は今、どうしている？」

「あ、はい。僕は大学生になりました。獣医学科の三年です」

クライヴとのメールは四年前、知里が高校生の時に途切れているので、彼は大学生になったことを知らない。

「そうか。叔父さんと同じ獣医になりたいとメールに書いてあった。その夢に向かって獣医学科に進学したんだね」

クライヴは独り言のようにつぶやいたが、視線は庭園の方に向けられたままだ。金色の髪がかかる頬と高くきれいに通った鼻梁、空のように澄んでいるアイスブルーの切れ長の瞳……秀麗な彼の横顔は記憶の中の夏の太陽のように明るい少年の面影と違って陰を帯び、どこか距離を感じてしまう。

眉根を寄せたまま、テオドルが会話に割って入ってきた。

「へえ、お前が獣医を目指しているって？　チビのくせに？」

そういうテオドルは、百七十センチの知里とさほど変わらない身長で、目線は同じところにある。

攻撃的な態度に一瞬怯んだが、投げつけられた言葉があまりに突飛すぎて、知里は思わず小首を傾げた。

「あの……獣医になるのに、身長は関係ないかと……」

遠慮ぎみに指摘したそれに、かっとテオドルの頬に朱色が散り、叫ぶように言う。

「うっさい！　それでお前はクライヴ様に何の用だよ？」

「……あ、はい……。クライヴさん、あの、よかったら相談させてもらいたくて。僕の父のことなんですが、学会でイギリスに行って……」

説明を始めようとすると、クライヴに「知里」と穏やかに話を遮られた。

「立ち話は何だから、家の中に入ってくれ。ゆっくり話を聞きたい」

「……はい」

話を聞いてくれると言われ、ほっと安堵(あんど)した知里は、クライヴの後について庭園を歩いて行く。

知里より頭ひとつ分以上長身のクライヴを後ろからそっと見つめていると、途中で彼が振り返り、テオドルを紹介した。

「知里、彼は私の個人秘書をしているテオドル・オシューネンだ。君より三歳年下で十八歳だから、年が近い分、きっと話が合うだろう」

クライヴが自分の年齢を覚えてくれていたことがうれしくて思わず頬が緩み、おずおずとテオドルに手を差し出した。

「テオドルさん、どうぞよろしくお願いします」

「……よろしく」

クライヴに紹介された手前、テオドルは渋々という顔で知里の手を握り、ちらりと上目遣いに見て、すぐに手を離した。

「クライヴ様、ボク先に戻ります」

そうクライヴに告げ、テオドルは踵(きびす)を返して屋敷へと駆け出した。

「知里」

クライヴに呼びかけられてハッと顔を上げた知里は、彼と二人きりになったことに気づいてにわかに緊張する。

「少しいいか？　四年前は……」

「え、あ……はい」

驚いてクライヴを見ると、真剣な表情で眉根を寄せていた。会ってすぐメールをくれなくなった理由を話すのだろうか。心の準備が追いつかず、息が詰まりそうになった。

何か大きな理由があるのかもしれないし、単にやり取りが面倒になっただけかもしれない。あれほど知りたかったのに聞くのが怖い。知里は体の横で手を握りしめ、その場に立ち止まってゆるゆるとうつむいた。

自分のスニーカーを見つめていても沈黙が広がったままなので、そっと顔を上げる。こちらをじっと見つめるクライヴの静かな瞳が潤んでいることに、小さく息を呑んだ。

「あの……？」

「……君はいつからスウェーデンに？」

クライヴの声がかすかに震えている。そのことに気づいて、知里の脈打つ鼓動がどんどん速くなる。

「えっと、昨日からです。突然来て、すみません」

「そうか……。いや、本当に驚いた——」

やわらかな日差しの中、再び沈黙が落ちた。彼は何か言いたそうにしているが、それ以上口を開かない。

（やっぱり迷惑だったのかな）

そう思った時ふいに甘い香りが優しく広がった。花の香りとも違う、プリンのような甘い匂いが鼻腔をくすぐる。

（この匂い、知ってる。いつだったか……）

「知里、どうした？」

「あの、プリンが……」

思わずこぼれたそのつぶやきに、彼が小さく笑った。

「ああ、君はプリンが好きだったね。すぐにコックに作るように伝えよう。ぜひ、我が家のプリンを食べていってくれ」

「は、はい。ありがとうございます……」

反射的に答えたが、はたしてプリンを好きだと彼に話したことがあっただろうかと過去の記憶を辿りながら、個人宅には見えない屋敷に視線を移す。

「あの、コックがいるんですか？」

尋ねると、クライヴがゆっくり頷いた。その動きに合わせ、金色の光の粒がきらきらと揺れて見える。思わず見惚れていると、彼が低い声でつぶやくように言った。

「コックの他に使用人が多数働いている。それに四年前から、テオドルが一緒に住んでいるんだ」

「えっ？」

（四年前って、クライヴさんからの連絡が途絶えた時期だ。いや、それよりテオドルさんと二人で暮らしているってことは……）

教会で見た同性婚の結婚式の様子が、脳内で再現される。

「そうですか、テオドルさんとお二人で……」

小声で返すと、クライヴが眉を上げた。

「テオドルの他にもうひとり、友人のライネも一緒に暮らしている。彼は仕事の都合で旅行に行くことが多いが、だいたいこの屋敷にいる」

ライネという友人も一緒に暮らしていると聞き、心の中でよかったとつぶやく。

(なんでほっとしているんだろう……僕、なんか変だ)

小さく頭を振って気持ちを切り替え、その安心が何からくるものなのか、知里は追及しなかった。

「あの、他のクライヴさんのご家族は？　ご両親とか」

「両親はスウェーデン国内だけでなく、ヨーロッパで大きな事業を展開していて留守が多い。今は私がこの屋敷を管理している。だから知里……」

「はい？」

「君は……」

碧眼が再び何か言いたそうに細められたが、クライヴはそれ以上告げずに小さく息をつくと、「何でもない」と知里に背を向け、屋敷の方へ歩き出した。

(な、何を言おうとしたのかな)

心の中で小首を傾げながら、白く立派な三階建ての屋敷の入り口に着くと、重厚な正面玄関の扉をクライヴが押さえて、「入ってくれ」と促してくれる。

「失礼します……わ、すごい」

旧貴族家の屋敷だけに、天窓から降り注ぐ日差しを受けた広々とした玄関ホールと、その奥には真紅の絨毯(じゅうたん)が敷かれた大きな螺旋(らせん)階段が見え、あまりの壮大さに感嘆の声が漏(も)れてしまう。

ロビーは磨き込まれ、歴史を感じさせる調度品や彫像が置かれていて、真っ白な壁には大きな風景写真が飾られている。廊下にも広大な自然の写真がたくさんかけられており、重々しく光沢を放つ調度品と相まって粛然とした雰囲気だ。

「リビングで話そう。こっちだよ」

クライヴの後について行くと、一階の奥に広いリビングがあった。大きな窓から庭の緑や花々が見え、日差しがたっぷりと降り注いでいる。

リビング内には黒革のソファセットとグランドピアノが置かれ、壁面には大型テレビが据え付けられている。居心地のよさそうな窓際に大きな白木のテーブルセットがあり、クライヴが知里に向かいの席を勧めた。

「失礼します……」

「少し待っていてくれ」

クライヴが奥の部屋へ向かう。どうやらコックと話をしているようだ。

(僕、クライヴさんの家に来ているんだ)

メールを交わしていた時、ずっと来たいと思っていた。緊張しながら待っていると、背後の扉が開く音がして、明るい声が聞こえてきた。

「クライヴ、新しいシャンプーが……ん？　お客様かい？」

シャワーを浴びたばかりのような、半裸でタオルを首にかけた男性が、濡れた銀髪を掻き上げながら扉の近くに立っていた。

下半身に半ズボンを穿(は)いただけの彼は、好奇心に満ちた緑色の瞳で知里を見つめ、口角を上げてニッと笑った。

「これは珍しいお客様だ。東洋人のようだね」

知里はあわてて立ち上がり、ぺこりと頭を下げた。

「僕は小泉知里といいます。日本人でクライヴさんの知人で……」

「へえ、クライヴの。俺はクライヴの同級生で親友のライネ・キュレネンだ」

先ほどクライヴが言っていた、屋敷に住んでいる友人のようだ。銀色の髪から雫(しずく)を滴らせている彼は背が高く、彫りの深い顔立ちに艶めいた微笑を浮かべている。

きれいな人だと思っていると、ライネがつかつかと歩み寄ってきた。タオルで髪を拭きながら、じっと知里を見つめ、片手を差し出した。

「よろしく。君のことは、知里くんって呼ばせてもらってもいいかな？」

彼の手を握り返し、笑顔で応える。

「はい、よろしくお願いします。どうぞ好きなように呼んでください」

「了解――」

グリーンアイをいたずらっぽく細めたライネに手を強く引っ張られ、視界一面が肌色に染まる。

「えっ……な、何!?」

半裸の美形の男性に突然抱きしめられ、濡れた皮膚の感触に思わず悲鳴を上げる。

「うーん、知里くんって細いね。折れちゃいそうだ」

「いきなり、何をするんですか」

言いながら、彼の腕から逃れようともがくと、ライネが不敵な笑みを浮かべた。

「だって、好きにしていいって、知里くんが言ったから」

「言ってませんよ、そんなこと……っ、好きに呼んでいいと言っただけで……っ」

ますます強く抱きしめられて、知里は本気でライネから逃れようとじたばたした。しかし、クライヴと同じくらい長身のライネに敵うはずもなく、抱きしめられたまま手を取られ、甲にすりすりと頬を擦りつけられてしまう。

「……っ」

その直後、端整な横顔から口元が覗いた。口角を上げた彼のそこに鋭い歯が見える。犬歯だろうか、人間離れした牙のような大きな歯に、思わず目を見開いた。

「もしかして、知里くん。俺に見惚れている？」

ライネの緑色の瞳がギラリと光り、どこか野生を思わせる光を放っていた。

「――ライネ、悪ふざけが過ぎるぞ」

静かな口調で部屋に戻ってきたクライヴが言い、ライネを引き離してくれた。

「悪い、悪い。知里くんがテオドルと違って、すごく初々しいから、つい……」

まったく悪いと思っていない口ぶりで「ははは っ」とライネが声を上げて笑う。

「なるほど、知里くんみたいな可愛い子が来たから、テオドルがあんなに苛ついていたのか」

「可愛いって、あの……」

身長が百七十センチになってから、叔父の翔吾も可愛いと言わなくなったのにと思いながら、そっとライネを見つめる。

陽気に笑うライネには、先ほどの牙も眼光も見当たらない。

ただの見間違いだろうかと動揺しつつも、知里はそっとクライヴとライネを交互に見上げた。

(二人とも背が高くて、整った顔立ちをしているなぁ……)

いつだったか、「スウェーデンはイケメンの多い国、ナンバーワン」と雑誌で読んだことを思い出した。先ほど会ったテオドルは、身長は少し低かったがアイドルのような可愛い顔立ちをしていた。クライヴは元貴族家らしく、王子様のように美麗で、ライネは俳優かホストのような優麗さを持っている。三人とも目を瞠るほどの美形なので、知里は自分が場違いなところにいる気がした。

「……あれ、そういえばライネ・キュレネンさんって……？　聞いたことが……」

容姿ばかりに目がいっていたが、ライネ・キュレネンという名に覚えがある。どこで耳にしたのだろうか……。

(あっ……)

知里はぽんと手を打った。

「あの、『北欧の自然』って写真集、もしかしてライネさんの本ですか？」

写真集のタイトルを口にすると、ライネがタオルで髪を拭きながら口角を上げて笑った。

「そうだよ。それ、俺の写真集だ」

知里は顔を輝かせた。

『北欧の自然』は日本でも発売されている人気の写真集で、クライヴのことがあり、昔からスウェーデンを調べていた知里の目にも留まって購入した。以来、ライネの写真集は発売されるたびに手にしている。

「すごい、ライネさんって、世界的に有名なカメラマンじゃないですか。あっ、玄関や廊下に飾ってある写真も？」

「うん。俺が撮った写真だ。クライヴは自然が好きだから、森とか空の写真を飾っておくと落ち着くらしい」

「そうですか」

「おいチビ！　手伝ったらどうだよー」

お菓子とお茶を載せたワゴンを押してリビングに入ってきたテオドルが、知里を睨みつけた。

「テオドル、そんなきつい言い方したら、知里くんがかわいそうだよ。知里くん、気にしなくていいからね。テオドルはすぐに攻撃的になるけど悪気はないんだ。ほら、フィーカしよう。知里くんはお客様なんだから、座って、座って」

半裸のまま陽気な声を上げるライネを一瞥し、テオドルがうんざりした声を出す。

「ライネはなんで上半身裸なんだ。何か着ろよ！」

「まあ、そう言うなよ。少しくらい、くつろいだ格好をしてもいいじゃないか」

「ここはクライヴ様の家だから、見苦しい格好をするなって言ってるんだよ」

ライネはクライヴの同級生と言っていた。十八歳のテオドルより九つ年上になるのに、テオドルは容赦なく食ってかかり、ライネも気にしていない様子で、苦笑しながら「はいはい。クライヴ、シャツを借りるよ」と言って奥の部屋へ行き、淡いブルーのシャツを着てリビングへ戻ってきた。

「おいっ、服くらい自分のを着ろよ。なんでクライヴ様のを借りるんだ」

「いいんだよ。俺とクライヴはサイズがほとんど同じなんだから」

「そういう問題じゃないだろ。クライヴ様の高級な服が汚れるって言ってるんだ」

ムキになるテオドルを見てライネが含み笑いで提案する。

「それじゃあ、今度はテオドルの服を借りようかな」

「絶対貸さないから！」

わいわい言いながらみんなで白木の丸テーブルにお菓子とコーヒーカップを並べていく。お菓子の甘い香りがリビング中に漂った。

知里もおずおずと手伝いをして、次は何をすればいいのか迷っていると、ライネがくすくす笑った。

「ほら、もういいから、知里くんも座ってコーヒーを飲もうよ。フィーカなんだから」

「あの、そのフィーカって、何ですか？」

小首を傾げる知里に、隣に座ったクライヴが答えてくれた。

「コーヒーを飲んでくつろぐことだよ。スウェーデンでは一日に何度もフィーカする習慣があるんだ」

ライネが焼き菓子の載った皿を知里の前に置いてくれる。

「ケーキもあるよ。食べてみてよ、知里くん」

「はい、ありがとうございます」

「日本にも美味しい菓子がたくさんあるよね。撮影で京都へ行った時にヤツハシを食べたよ。また食べたいな」

「あ、そうですね。ふわふわでもちもちとした八ッ橋、僕も好きです」

にっこり笑うと、ライネが「だよねー」と微笑みを返してくれる。

以前から知り合いのような親しさをライネに感じ、楽しいなと思う。

ちらりとクライヴを見ると、彼は黙ってコーヒーカップを口元に運んでいた。その目元からは、感情が読み取れない。

（クライヴさん……）

十五年前に出会った明るくて優しいクライヴと、文通やメールで励ましてくれたクライヴ……。そして投資家で旧貴族家で、スウェーデンで暮らす知里の知らないクライヴ。――どれもばらばらで、彼のことがよくわからない。自分が知っているクライヴは彼のほんの一部分でしかないと思ったら、鈍い痛みが胸の奥に広がった。

小さく息を吸うと、クライヴが目線を上げて知里を見た。

「知里、プリンは今、冷やしているそうだよ」

「ありがとうございます。楽しみです」

「はぁ？　プリンで喜ぶなんて、お前は本当にガキだな！」

テオドルが片眉を上げげたと同時にクライヴの携帯電話が鳴り、画面を確認して低く言う。

「――協会から、緊急連絡だ」

ライネとテオドルが動きを止めてクライヴを見つめる。緊迫した空気に、知里はきょとんとなった。

「はい。――わかりました。引き続き、監視を続けてください」

通話が終わると、クライヴが真剣な面持ちをライネとテオドルへ向けた。

「先週あったストックホルム中央駅の爆破事件で捕らえた例の一員が脱走し、ノルウェーへ逃亡を図ろうとしたらしい。協会の役員が見張っていたので、事前に阻止できたが……」

先ほどまで飄々（ひょうひょう）としていたライネが押し黙り、テオドルは青ざめている。

「二人とも、そんな顔をするな。夜に協会本部で会議がある。そこで今後の対策を……」

「クライヴ――」

ライネが視線で知里を示し、話を続けようとするクライヴを制した。その場の雰囲気が知里を排除するように動くのを感じ、あわてて口を開く。

「あの、僕がいない方がよかったら……」

席を立とうとする知里の肩にクライヴがそっと手を置いた。

「知里、気にしないでくれ。少し込み入ったことがあったが、大丈夫だ」

ライネも硬い表情を崩し、口元をほころばせる。

「そうそう、知里くんはクライヴに用があるんじゃないのかい？　俺とテオドルが邪魔なら、席を外すけど？」

「いいえ、お二人が邪魔だなんて……」

ライネが先を促してくれるが、先ほどの会話での物騒な内容が気になりチラリとクライヴに視線を送る。

その視線を受けて肩に乗るクライヴの手に力がこもった。「気にせず話してくれ」とでもいうようなその力に、知里は浅く頷き先を続ける。

「フィーカの途中で話してもいいのかわからないんですが、父のことで、よかったら聞いてほしいことがあります」

英一郎のことを相談しようと、知里が居住まいを正すと、クライヴが頷いた。

「何かあったようだね。話を聞こう」

クライヴがコーヒーカップをソーサーに戻し、ライネとテオドルも無言で知里を見つめる。

「……これが僕の父で、小泉英一郎といいます。製薬会社に勤めています」

携帯電話に入っている英一郎の写真を表示すると、ライネが身を乗り出した。

「へえー、優しそうなお父さんだね」

「……実は、父と連絡が取れなくなっているんです」

学会でロンドンに出かけた英一郎が、帰国予定日になっても戻ってこなかったことや、メールでUSBを送付するように言われたこと。指定された住所にはスウェーデン人の兄弟が住んでいて、父の行方は知らないが、USBを受け取るように言われたこと。何度電話しても電源が切られていることを、知里は順を追って話した。

「それで、そのUSBには何のデータが入っているんだい？」

ライネに訊かれ、知里は眉を下げた。

「それが……開かないんです。パスワードがわからなくて」

「お前、使えないな。まったく」

テオドルのあきれたような口調に、悄然（しょうぜん）と肩を落とす。黙って聞いていたクライヴが静かに立ち上がった。

「知里、そのUSBはどこにある？」

「僕が持っています」

「貸してくれ」

「えっ？　わ、わかりました」

バッグの中の小ポケットからＵＳＢを取り出し、クライヴに手渡すと、彼はリビングを出て行った。

知里はコーヒーを口に運んでいるライネに、先ほどの電話について尋ねてみた。

「あの、さっきの電話のことですが、何か事件が……？」

テオドルが顔をしかめて大きな声を出す。

「お前には関係ない。忘れろ！」

「はあ……でも……」

爆発とか逃亡とか、恐ろしい言葉が聞こえた。気になるが、テオドルに関係ないとハッキリ言われるとそれ以上訊くことができないし、ライネも何も言ってくれない。

二人の雰囲気から、これ以上先ほどの電話について訊いてほしくないという空気が伝わり、知里は黙って菓子を口に入れて咀嚼（そしゃく）した。

「美味しい……」

つぶやくとライネが優しく微笑んだ。

「これはセムラというお菓子だよ。スウェーデンではイースターの前に食べる習慣があるんだ」

白くてふわふわとしている。それを食べ終わると、コックがプリンを持ってきてくれた。

「わ、プリンだ……！」

「お前は本当にガキだな」

テオドルにあきれられながらプリンを頬張った。上品な甘さが美味しい。

そこでカチャッとドアが開き、クライヴが戻ってきた。彼は知里の手の平にＵＳＢをぽんと乗せる。

「ロックを解除できた」

ヒュウッとライネが口笛を吹いた。

「さすがクライヴ！　すごいねぇ」

「え、あのっ、本当ですか？　どうやって？」

「………」

黙ったまま、クライヴがプリントアウトされた書類の束を差し出す。二百枚ほどあるだろうか。数字が羅列され、英語で説明が加えられている書類を見て目を瞬かせた。

「こ、これは……？」

「時間をかけて読み込んでみなければ詳しいことはわからないが……そのＵＳＢの中身は、新薬に関するデータのようだ」

クライヴの説明に、知里はこくりと喉を鳴らした。書類を横から覗き込み、ライネが尋ねた。

「知里くんのお父さんは新薬の研究をしているの？」

「はい。父は、製薬会社で医薬品の開発部門に勤務しています。その仕事のデータでしたか……でも、学会発表が終わったのに、なぜこのＵＳＢがそんなに必要なんでしょうか」

薬品に関する知識のない知里は、データを見ても全然わからないが、クライヴはパラパラと書類をめくっていく。

「このデータは、痛みに関するものだね。実験動物のマウスを使用し、三叉神経節を刺激して――」

「あ……そういえば、父は鎮痛薬の開発をしていました。神経の痛みをやわらげる薬剤だと言っていたような……。それで、ロンドンの学会でその成果を発表したんです」

「学会発表の後、行方がわからなくなったのか――」

クライヴは口元に手を持っていき、考え込んでいる。テオドルが眉を跳ね上げて言う。

「お前の父さん、学会で知り合ったどっかの美女と、旅行にでも行ってるんじゃないのか？　それに連絡がないってことは、もうそのＵＳＢはいらなくなったってことで、ボクは別に気にすることはないと思うね」

まあまあと言いながら、ライネがテオドルをたしなめる。

「――実は最近、スウェーデン国内で行方不明者が増えているんだ」

「クライヴ、それは本当かい？」

鋭い声音になったライネに、クライヴが深く頷く。

「行方不明者が増加していることで協会がいち早く動き、調査を開始したところだ」

クライヴの言葉を受け、テオドルが眉をひそめて低い声を出した。

「水面下で不穏な動きをしているなんて、奴らしかいないんじゃないんですか？　テロの次は誘拐とか、何を考えているんだろう――」

（……「奴ら」？）

話についていけず三人の顔を順に見つめていると、クライヴが困ったように目を細めた。

「……知里、スウェーデンは治安がいい国ではあるが、何が起こるかわからないし、外国人観光客は狙われやすい。自身に危険が及ばないように、気をつけてほしい」

静かに告げるクライヴの碧眼が心配そうに向けられ、頷いた知里に重ねて質問する。

「君の周囲で、最近変わったことはない？」

「僕は大丈夫です……それより父が心配で……」

そういえば最近、誰かに見られているような気がするが、ただの勘違いかもしれない。

先ほどの会話から、クライヴの近辺で何かトラブルらしきものが起きているようだし、これ以上迷惑をかけるわけにはいかないと、知里は視線を感じることは打ち明けずに姿勢を戻した。

ライネが知里の肩にそっと手を置いた。

「俺たちは君の味方だからね。お父さんのことに関して、できる限り手助けするよ」

「ライネさん……ありがとうございます」

「ふふっ、知里くんは素直で可愛いなぁ」

ライネがにっこり笑って顔を近づけてきた直後、遠くで狼の遠吠え(とおぼ)のような声が聞こえた。

空気を裂くような鋭い声だ。刹那ライネが顔を上げ、テオドルが目を丸くして、二人がクライヴを見つめる。

「クライヴ、今の遠吠え、なんて？」

ライネの声がかすかに上ずっている。するとクライヴが余韻を残す狼の声に耳を澄ませるように目を閉じた。

「ベステルオース中央駅で、また爆破事件があったそうだ。マークしていた過激派を付けていたおかげで未遂に終わったが、今回も首謀者につながる手がかりは得られなかったそうだ」

クライヴの言葉に、ライネとテオドルがやるせない表情ながらもどこか安堵したような顔になった。

二人は一様に肩をなで下ろしているが、知里はただただ驚くばかりで、開いた口を閉じることができない。

す。


（まさか、さっきの鳴き声を聞き取った？）

まれに、動物と会話ができる人間がいると聞くが、それらの多くは会話というより、感覚的なコミュニケーションのようなものだろう。しかしクライヴは、詳細な内容まで理解していたかのように話

「クライヴさんは……狼の遠吠えを訳したんですか？」

半信半疑で尋ねると、クライヴは小さく笑って首を左右に振った。

「今の話は、遠吠えとは関係ないよ。それに狼じゃなく、犬だ。狼は野生動物保護区間にいるだけで、街中にはいない」

スウェーデンはゴールドの思い出があるせいか、狼のイメージが強くて犬の遠吠えを狼と勘違いしたようだ。

「……そうだ、知里くん。今夜よかったら、屋敷で夕食を一緒に食べない？」

「なんでだよ！」

ライネの提案にテオドルが目を吊り上げ文句を言う。

「だいたい、ここはクライヴ様のお屋敷だぞ。ライネは居候のくせに勝手なことを言うな。さっさとヨーテボリに戻ればいいのに」

ぷいっと横を向くテオドルに、ライネがくっくっと喉を鳴らして笑っている。

「……ライネさんは、ヨーテボリってところに家があるんですか？」

質問した知里に、ライネは笑顔で頷いた。

「ヨーテボリはスウェーデンでストックホルムの次に大きな都市なんだよ。そこに一応、俺のマンシ

ヨンがある。でも狭いしひとり暮らしだから、コックがいて美味しい料理が食べられて、広い部屋でゆっくりできるクライヴの屋敷の方が気に入っている。ねっ、知里くんも一緒に夕食を食べていってよ」

「ダメだって！」

瞬時にテオドルが叫び、ライネを睨みつける。

「おぉ、怖い、怖い」

ライネがテオドルをからかうように大袈裟に言い、そんな二人のやり取りをクライヴが温和な眼差(まなざ)しで見守っている。

（クライヴさんとライネさんとテオドルさんは、仲がいいんだなぁ）

三人の様子に微笑ましさを感じ、コーヒーを飲み終わり、そっと立ち上がった。

「すみません、叔父が待っているので、そろそろ帰ります。何か情報があったら教えてくれるとうれしいです。いろいろとありがとうございました」

ぺこっと頭を下げる。

「んー、帰っちゃうのか。また来てくれよな、知里くん」

ライネも立ち上がり、すっと手を伸ばして知里を抱擁する。

先ほども抱きしめられて驚いたが、日本と違いハグは日常的なものなんだろう。それでも、習慣のない知里が戸惑っていると、クライヴが諌(いさ)めてくれた。

「――ライネ、知里が困惑している」

「……はいはい、ただの挨拶(あいさつ)なんだけどね」

笑いながら、ライネが拘束を解いて知里から一歩下がった。

「知里、車で送るよ」

エステルマルムの地理に疎い知里は、駅への道が不安だったので、クライヴの提案に感謝した。

「すみません、助かります」

「ちょっと！　夏の北欧は日が長いんだ。子供じゃあるまいし、お前ひとりで帰れよっ」

「テオドル、そうきついことを言うと、クライヴに嫌われるよ」

ライネが諭すような口ぶりになると、テオドルはぐっと息を呑んだ。

「それじゃあ、知里、行こう」

「あ、では駅までお願いします。ライネさん、テオドルさん、美味しいお菓子とコーヒーをありがとうございました。失礼します」

深く頭を下げると、ライネが笑みを浮かべ、手を振った。

「また遊びにきてね、知里くん。テオドルは友達が少ないから、仲良くしてあげてね」

ちらりと見やると、当のテオドルは渋面で唇を尖らせ、ふてくされている。

「もう来るなよっ」

叫ぶテオドルに、「また来ます」と答えて、知里は屋敷を出た。

クライヴについて庭を歩いて行くと、噴水の奥に大きな車庫があり、高級車が八台も停まっていた。

「これ、全部クライヴさんの車ですか？」

「ああ、私は車の運転が好きなんだ。今日はこの車にしよう。知里、助手席に乗ってくれ」

「は、はい……」

ボルボのフラッグシップモデル車のドアは重く、車内のシートも高級そうで、表情を強張らせながら座り、シートベルトを締める。クライヴがゆっくりアクセルを踏み込むと、車が静かに発進した。

車内は静穏な雰囲気で、周囲の景色が高速で流動している。

「……今日は君が突然現れて、本当に驚いたよ」

ハンドルを握ったクライヴが前を向いたまま、ぽつりとつぶやいた。

「はい……驚かせてしまって、すみませんでした」

「謝らなくていいよ。——君の叔父、ドクター翔吾はお元気か？」

「えっ？　あ……はい」

十五年前に会っただけの翔吾のことを覚えてくれていた。当時の思い出がクライヴの中でしっかり生きているのだとわかり、あたたかな気持ちが込み上げてくる。

同時に、知里の中になつかしい思い出がよみがえってきた。


十五年前にスウェーデンで出会ったクライヴは太陽のように明るく優しい少年だった。金狼のゴールドがいなくなって四日ほど経った頃で、知里は毎日、ゴールドがいた一階の奥の部屋を見に行っていた。

大好きなプリンを食べていてもゴールドのことを思い出し、空寂(くうじゃく)な気持ちになった。宿題の絵日記もゴールドのことばかり描いていたので、何も描きたくなくなる。そんな知里は、翔吾に呼ばれて一階に下りた。

『知里くんにお客さんだよ』

る。

『──えっ？』

動物病院の待合室に、金髪碧眼の美少年が座っていた。初めて見る少年は、左手に包帯を巻いてい

『こんにちは』

彼は知里を見ると笑顔で立ち上がった。

日本語で話しかけられて、知里は目を丸くする。

『こんにちは……、あの、お兄さんは日本人ですか？』

彼は笑って首を横に振った。

『僕はスウェーデン人だよ。日本語は少し習ったことがあって知っていたけど、君と話したくて、さらに勉強したんだ』

『あの……、僕のことを知っているの……？』

『知ってるよ。ほら、これを拾ったんだ』

彼が差し出したのは、二Bの鉛筆だった。マジックで「こいずみちさと」と名前が書いてある。そういえば、ゴールドが消えた日に、筆箱から鉛筆が一本なくなっていた。どこかで落としたのだろう。

『お兄さん、ありがとうございます』

わざわざ鉛筆を届けてくれた彼にペコリと頭を下げると、彼は温厚な眼差しで微笑んだ。

『僕の名前はクライヴ・フォルリング。十二歳。君とちょうど六歳違いだね』

待合室の窓から明るい日差しが入り、知里はまぶしさから目を細め、クライヴという金髪の美少年を見上げた。

なぜ知里が六歳とわかったのだろうと思って目をパチパチ瞬かせると、彼もじっと知里を見つめ、同じように瞬きをしている。ふいに青色の瞳に吸い込まれそうになり、なぜかゴールドの目を思い出して彼の左手の包帯に目が留まった。

『あの、クライヴさん、手を怪我しているの？』

『これか……もうほとんど治っているよ』

ほら、と言ってクライヴが笑顔で左手を動かしてみせる。心配そうな顔をしていたようで、彼は知里に目線を合わせると、『大丈夫だよ』と頭を優しく撫でてくれた。青色の瞳を見ていると、なんだか初対面という感じがしない。

『……ゴールドは左前足に怪我をしていたの。今頃は、元気に走っているといいな……』

思わずつぶやくと、クライヴが形のよい眉を上げた。

『君はゴールドがいなくなって、そんなに寂しかったの？』

『うん、とっても。ゴールドは僕の大切な友達だったから……』

間近にあるクライヴの美貌がゆっくりとほころんだ。

『それじゃあ、知里、僕と遊びに行かないか？』

『えっ、クライヴさんと？』

『せっかくの夏休みだし、家にいるだけじゃもったいないよ。僕がこの辺りを案内しよう』

ゴールドがいなくなって胸にぽっかりと穴が空いたように寂しかった知里は、入れ替わるようにやってきたクライヴに遊ぼうと誘われて、目を輝かせて頷いた。

『シリヤン湖の方へ行ってみよう。走れる？』

『うんっ、僕、かけっこ得意だよ』

手をつないで二人で思いっきり駆けた。クライヴは驚くほど足が速く、途中から知里をひょいと軽々しく抱き上げて走り出す。

『うわ、すごい、自転車に乗ってるより速いー』

周囲の景色が勢いよく後ろへと流れていく。大きなシリヤン湖に着くと、湖面が日差しを反射して輝き、水遊びをしている人々でごった返していた。

『あっ、ボートだ』

ボートが珍しくてついて歩いていると、いつの間にか知里は迷子になってしまった。

ふとそばにクライヴがいないことに気づいたが、周囲は知らない人ばかりで言葉も通じない。

『ク、クライヴさん？』

不安になって目に涙がじわりと込み上げてきた時、『知里！』と名を呼ばれた。

クライヴが汗だくで探し回ってくれていたようで、真っ直ぐに知里へと走ってきた。

『急にいなくなるから驚いた。知里、怪我はない？』

ぎゅっと抱きしめて、心配そうに背中を撫でてくれるクライヴにしがみつき、ぽろぽろと知里の目から涙がこぼれた。初めての土地で迷子になり、怖かったのだ。

『泣き止んで、知里。明日は水着を持ってきて一緒に泳ごう。今日はブルーベリー摘みをしようか』

『え、明日も遊んでくれるの？』

目を見開いた知里の頭に手を置き、彼が穏やかな笑みを浮かべて頷いた。

『僕は君が日本へ帰る日まで、ずっと一緒にいたいと思っているよ』

『わぁ、本当？』

知里が歓喜の声を上げると、クライヴが髪を梳くように優しく撫でてくれ、その後二人でブルーベリー摘みをした。

次の日からシリヤン湖でよく二人で一緒に泳いだ。クライヴは泳ぐのも上手で、知里に泳ぎ方を教えてくれ、スウェーデンならではの美しい景色と共に、クライヴの明るく優しい思い出が胸の奥へと刻み込まれた。


「知里……？」

なつかしく思い出していた知里はクライヴの声でハッと我に返った。

「あ……はい、翔吾さんはすごく元気です。今もレクサンドで獣医をしています」

「そうか、彼は腕のよい獣医だった。丁寧に診察してくれた」

ハンドルを握ったまま、クライヴがつぶやき、知里が首を捻る。

「叔父はこの辺りでも知られるほど、凄腕の名医なんですか？」

彼は口角を上げて微笑した。

「――このまま君をレクサンドまで送るからね」

てっきり近くの駅までだと思っていた知里は目を丸くした。

「でも……悪いので、僕は電車で……」

「私が送りたいと思っている。だから悪いとか考えないでほしい」

真摯な表情で言われたが、顔立ちが整いすぎているだけに、怒っているように感じてしまう。

「は、はい。それではお願いします」

知里がおずおずと頷いたところで、駅を横目に通り過ぎた。

信号で車が停まると、クライヴが手帳にさらさらとペンを走らせ、そのページを破って知里に差し出した。

「さっきも言ったが、行方不明者が増加しているんだ。この国は治安がいいと思うが君はまだ慣れていない。ひとりで街中を出歩いてはいけないよ。もしひとりで出かける時は、事前に私に連絡してほしい。これはプライベート用の私の携帯電話の番号とメールアドレスだ。……両方とも君とメールをしていた時と変わっている」

「あ……」

君とメールをしていた時という言葉が胸を打ち、思わず服の上から胸を押さえた。彼からもらったたくさんのメールが一気に脳裏を過っていく。

私の大切な知里、君は運命の相手だ。忘れないで、必ず君を迎えに行くから。……そんな言葉をたくさん届けてくれたクライヴが、連絡が途絶えた後、ライネやテオドルと楽しく過ごしていたのだと思うと、チクチクと焼けるように胸が痛んだ。

信号が変わり、クライヴがアクセルを踏み込んだ。車がスピードを上げる。

「あの、アドレスが変わったから、返事をくれなくなったんですか？」

「………」

クライヴは一瞬驚いた表情になり、知里をちらりと見つめたが、すぐに口元を引き締めて黙った。

車内に静寂が広がり、知里は焦燥を覚えながら、再度口を開く。

「すみません、責めているみたいですが、そうじゃなくて。僕はクライヴさんにたくさん励ましてもらいました。特に母が亡くなった時、長いメールをくれて……すごくうれしかったです。ありがとうございます。おかげで元気になりました」

ぺこりと頭を下げながら、一番言いたかったことを告げられて、どこか肩の荷が下りたような、ほっとした気持ちになる。

彼は前を向いたまま小さく頷いた。

「お母さんのことは本当に残念だったね。君はまだ小学生だった。元気になってもらいたいと思っていたよ」

表情は読めないが、誠意ある彼の声が、全身にじわっと染みていく。

「他にもいっぱい、クライヴさんに感謝したいことが……」

「うん？」

「父さんが仕事で忙しくて、寂しくてたまらなかった時とか、僕はクライヴさんにメールで相談してきました。クライヴさんにいっぱい悩みごとや愚痴を聞いてもらって……今から思うと迷惑だったと思うのに、クライヴさんは突っぱねたりあきれたりしないで、いつも親身になって前向きなアドバイスをしてくれました。すごくうれしかったです」

学校の勉強が難しくてついていけないと思ったことや、友達と喧嘩して気まずくなったことなど、些細なことだけど、当時は真剣に悩んでいた。そんなことをクライヴにメールで相談しながら知里は大きくなってきたのだ。こんなにも優しい人がいるんだと驚くほど、彼は誠実に接してくれ、知里を励まし、見守ってくれた。

だからこそ、突然返事がこなくなった時は心配した。もしかしたら、自分は何か彼を怒らせるようなことを書いたのではないか、嫌われてしまったのではないかと不安で、四年間ずっとそれを懸念していた。

理由が知りたい。メールアドレスが変わったから、返事をくれなくなったというのは本当の理由ではないと知里もわかっている。でも、クライヴも本人を前に答えにくいのだと思うと、改めて真実を尋ねるのが躊躇(ためら)われた。

膝の上の手を強く握り、知里は唇を噛みしめた。クライヴも黙っている。そうしているうちに、車がレクサンドに到着した。

「……その角を曲がったところが、叔父の家です」

叔父の家には動物病院の患者用に三台分の駐車場があり、そこへ車を入れ、クライヴはエンジンを切った。

「ありがとうございました……」

下げた頭の上に、クライヴの手が置かれた。えっと思って顔を上げると、海のように深い青色の瞳と視線が合う。

「――知里、メールの返事を出さなくて、すまなかった」

「クライヴさん……？」

彼は知里の頭の上に置いた手をクシャクシャと掻き混ぜるように動かし、ゆっくりと離した。

「……詳しい理由は今はまだ話せないが、もう少し落ち着いたら、私から君に連絡しようと思っていた。理由も言わずに私から連絡を絶ったことを謝りたい。すまなかった」

「……あ……」

知里は薄く口を開け、真摯に謝罪するクライヴをじっと見つめた。息切れするような感覚に包まれ、喉が詰まる。

「ぼ、僕、何か失礼なことを書いて、嫌われたのかと……思ってました」

「君はそんなふうに思っていたのか——」

かすれた声でつぶやき、クライヴが口をつぐんだ。車内に沈黙が落ち、知里はゆるゆるとうつむく。謝罪はしてくれたが否定はしてくれない彼の強張った表情から、嫌われていたのは事実かもしれないと思い、胸の中が冷たく痺れた。目の前にいるのに、日本にいてメールしていた頃よりクライヴを遠くに感じて嘆息すると、彼が寂寥感をたたえた声音で尋ねてきた。

「知里……ライネは話しやすかった？」

「えっ？　あ、はい」

確かに、テオドルよりはライネの方が話しやすかったと思い出しながら頷くと、クライヴの視線がそっと伏せられた。

「そうか——」

何かを思案するように黙っていたが、彼はじきにシートベルトを締め、知里を見つめた。

「それじゃあ、英一郎氏のことも心配だし、また連絡するよ。くれぐれもひとりで出歩かないように。それからドクター翔吾によろしく伝えてくれ」

「あ、はい。いろいろありがとうございました……」

車から降り、運転席の方に回ると、彼が窓を下ろして片手を挙げた。

「お休み、知里」

「はい、お、お休みなさい、クライヴさん」

静かに走り去る車のテールランプを見送り、連絡先のメモをポケットにしまう。

「……っ」

ふいに背中に視線を感じた。ぞわっと鳥肌が立ち、鼓動が速まる。

(……だ、誰?)

振り返るが、そこには自然が豊かなレクサンドの町並みが広がっているだけで、周囲に人影はない。乾いた風が吹き抜け、心の中を揺らすように葉がザワザワと音を立てて騒めいている。知里は急いで翔吾の家の中に入り、鍵をかけた。

誰かに見られていたことに強い不安を感じながら階段を上がると、キッチンにいた翔吾がフライパンを持ったまま笑顔を向けた。

「おー、知里くん、お帰りー」

「ただいま、翔吾さん。遅くなってごめんなさい。夕食、僕も手伝います」

「いいよ、いいよ。久しぶりにスウェーデンに来てくれた甥っ子のために、オレが作りたいんだ。といっても簡単なものしか作れないけれどね。……さあ、もう完成だ。一緒に食べよう」

テーブルの上に出来立ての料理を並べると、翔吾は知里と向かい合って座った。

「美味しそう……」

「だろう? フィッティパンナという野菜炒めと、ポーチドサーモンという鮭料理なんだ。スウェーデンでひとり暮らしが長いから、料理もお手のものだ」

眼鏡の奥の目を細めて笑う翔吾と二人、夕食を食べる。

「翔吾さん、このフィッティなんとかって野菜炒め、とっても美味しいです」

「へへっ、冷蔵庫の残り物を使ったにしては上出来だろう？　スウェーデンにはまだまだ美味しい料理がたくさんあるからね」

翔吾が作った料理は味付けが和風で食べやすい。料理を口に運びながら、知里はクライヴのことを伝えた。

「そうだ、クライヴさんと会ったんです。すごく立派になっていて、翔吾さんによろしくって」

「え？　あー、知里くんと遊んでくれた金髪の美少年か。なつかしいな。そうか、文通してるって言ってたね」

「ええ……」

微笑みながらフォークを動かす翔吾の皿が、空になっていく。

「それで、義兄さんのことは何かわかったかい？」

「ううん……」

日本大使館からも警察からも英一郎の会社からも、まだその後の進捗の連絡はない。

「クライヴさんが、最近スウェーデン国内で行方不明者が増加していると言ってました」

「そうなの？　うーん、そういうニュースはオレは知らないけど、まぁ、届を出したばっかりだし、そう焦ることはないよ。そのうち義兄さんからひょっこり連絡があるかもしれないしね。ようし、デザートを持ってくるね」

立ち上がった翔吾が知里を励ますように、冷蔵庫から冷やしたプリン四個をトレイで持ってきて、テーブルの上にドンと置いた。

「すごい、四個も？」

「知里くんはプリンが好きだったから、作っておいたんだ。オレも好きだから二個ずつだぞ」

「やった、うれしい」

スプーンですくって食べると、素朴な甘さが口の中に広がり、二人とも相好を崩した。

「翔吾さんの手作りプリン、すごく甘くて美味しいです」

「そっか、気に入ってもらえてよかったよ。甘いものっていいよな。なあ知里くん、オレからも毎日、義兄さんにメールしたり電話したりするからさ。あまり心配するんじゃないよ」

「はい……」

濃厚なプリンを二個ずつ食べ終わり、二人で食事の後片付けをする。その後、翔吾がリビングにある本棚の前で、知里に声をかけた。

「本が読みたかったら、知里くんも好きに手に取ってくれていいからね」

「はい、ありがとうございます。たくさんありますね。これ全部、翔吾さんの本？」

「そうだよ。獣医学の専門書は一階の病院に置いてあるんだ。ここにあるのは趣味の本ばかりだ」

「ミステリーやホラーの小説が多いですね。あれ、狼の絵本……？」

硬質なデザインの中にカラフルな背表紙を見つけて手に取ると、それはやわらかなイラストが表紙を飾る絵本だった。

「こっちにも、狼の絵本が……」

翔吾がふっと微笑んだ。

「そうそう。オレ、小さな頃から狼が好きで、たくさん絵本を集めていたんだ。だから怪我をしたゴールドを見つけた時、助けなきゃって思った」

「そうだったんですか」

「知里くんはオレの甥っ子だけあって、ゴールドをまったく怖がらなかったね。診察台の下で寝てたこともあったし。絵本だけど結構ストーリーがしっかりして、大人でも楽しめるよ。読んでみる？」

「面白そうですね。狼の本か……。あ、この本は？」

一冊の本が目に入った。『人狼伝説』と書かれた本だ。

「ああ、それも小学生向けの本だよ。北欧では人狼という、狼になれる人間がいると信じられていて、そんな昔話をモチーフにした童話なんだ。人狼伝説って聞いたことない？」

「人狼……伝説？」

初めて聞いた。知里が首を捻ると、翔吾が簡単に説明してくれた。

「人狼伝説っていうのはね……太古の昔、人間と人狼が互いの存在を認め合って共存していたという伝説なんだよ。北欧では神話にも狼が登場するくらい重要な存在なんだ。身近な存在だからこそ、人間の姿と重ね合わされたんだろうね。で、領土争いや戦争が起こり、人狼は武力として駆り出され、いつしか人狼の売買が盛んになってしまった。人狼の人口は半分以下にまで減り、絶滅の危機を迎える。やがて人狼は自らの身を守るため、人間社会から姿を消し、都市伝説になった。……と言われている。まあ、おとぎ話だけどね。結構、信じている人も多いみたいで、凄惨な事件があった」

「……事件が？」

「うん、あれは何年前だったかな。確か五年、いや四年前だったと思う。北極圏内の狼保護区域で、夜中に野生動物を見にきていた人々が、オオカミ狩りをしていたハンターに銃殺されたんだ。ハンター達は、撃ったのは人狼だったと言い張って、精神病院に強制的に収容された」

「えっ、そのハンター達は、人狼がいたって？」

目を丸くすると、翔吾が眉をひそめて首を縦に振った。

「そうなんだ。伝説の人狼と間違えて人間を射殺するなんて、ひどい話だよね。こんな現代にも人狼伝説を信じている人がいるんだと、みんな驚いた」

「人狼……」

ぽつりとつぶやく。なぜか「人狼」という言葉が知里の心の深層に残った。

5

翌日から、知里は翔吾の動物病院を手伝ったり、夕食を作ったりしながら、英一郎の携帯へ連絡を入れてみたが、やはりつながらない。

日本大使館からも警察からも連絡はなく、大丈夫だと思いたいが、英一郎の行方が依然としてわからないことに絶望感に駆られてしまう。

(父さん、大丈夫だよね。今どこにいる？　何で連絡がつかないの？　僕にできることは……？)

数日が経ち、湖水のように澄んだ碧空(あおぞら)が広がった朝、翔吾の動物病院の手伝いを終えた知里は、ふと思いついた。

「翔吾さん、もう一度、父さんが行きそうな場所を探しに行ってもいい？」

相談すると、翔吾は何とも言えない顔をした。

「うーん、闇雲に探しても見つからないと思うよ。日本大使館からの連絡を待つしかないんじゃないかな」

「それでも、何かしていないと落ち着かなくて……人が集まりそうな場所や、父さんが行きそうなところを回ったり、ビラを配ったりしてみたいんです」

口元を引き締めた知里の気持ちを考慮してくれたようで、翔吾が承諾した。

「わかった。知里くんがそうしたいのなら、頑張っておいで。オレは動物病院があるからついて行けないけど、ひとりで大丈夫かい？」

「はい、大丈夫です」

知里は大きく頷くと、携帯電話から英一郎の写真をパソコンへ移し、尋ね人のビラを作った。それと地図、財布と一応USBをバッグに入れ、翔吾の家を出て、レクサンド駅へ向かいながら考える。

（どこでビラを配ろう。人が多いところがいいから……）

クライヴの顔が脳裏を過り、ひとりで出歩かないようにと言われたことを思い出す。約束通り連絡しようか迷ったが、多忙な彼に迷惑をかけたくなくて、そのままひとりで駅へ向かった。

北欧最大の都市であるストックホルムでビラを配ろうと、レクサンド駅から電車に乗った。ストックホルム中央駅に着くと大勢の人でごった返している。

ピリリリッ……。

ホームに降り立ったところで電子音が鳴り、携帯電話を確認した知里は表示された名前にあわてて壁際に寄って通話ボタンを押す。

「はい、もしもし、クライヴさん？」

『――知里？　周囲が騒がしいが、君は今どこにいる？　まさかひとりじゃないだろうね？』

硬い声音にギクッと肩が震え、小さな声で答えた。

「あの、ストックホルム中央駅にいます。翔吾さんは仕事があるので僕ひとりです。すみません……、ビラを配ったらすぐに帰りますので」

『すぐそちらへ向かう。私が行くまで大人しく待っていてくれ』

「えっ、でもクライヴさんはお忙しいし……」

もう電話は切られていた。

（クライヴさん……）

やはり、家を出る前にクライヴに連絡すべきだった。携帯電話をズボンのポケットにしまい、バッグを開けて、持ってきたビラを見つめる。

その時、背後からどんっと誰かが肩をぶつけてきた。

「いたっ」

前に倒れて両手を着き、ビラが地面に落ちた拍子に、ぶつかった男にバッグを奪われてしまう。

「なっ……！」

気をつけるようにクライヴから言われていたのに、油断していた。しまったと思いながら、知里は男を追いかける。

（あのバッグの中には、父さんのＵＳＢが入っている。取り返さないと！）

行き交う人々の間を縫うようにして男は走り出した。

「待って！　誰かっ」

知里の声は駅の喧騒に掻き消されてしまう。懸命に追いかけるが男の足が速く、見失ってしまいそうだと思った直後、男の行く手を塞ぐように、長身で金髪の男性がゆっくりと立ちはだかった。

「――クライヴさんっ」

精悍な顔に怒りを露わにしたクライヴが、射抜くような鋭い眼差しで男を睨んでいる。

「その荷物を返せ」

低い声音は殺気を帯び、聞いた途端に男は震えあがってバッグをその場に投げ捨て、ものすごい勢いで人を掻き分けて逃げ出した。

安堵した知里は、男が投げたバッグを拾って抱きしめ、その場にしゃがみ込んだ。

「よ、よかった……」

「大丈夫か、知里。怪我はないか？」

クライヴが知里の手を取り、立ち上がらせてくれた。

「クライヴさん……本当にありがとうございます」

ぺこりとお辞儀をするが、彼は渋面のままこちらを睨んでいる。

「なぜ君はひとりでここへいる？」

「あの……、翔吾さんは動物病院の仕事があるし、スウェーデンは英語が通じるのでひとりでも大丈夫だと」

「知里!!」

怒鳴られた瞬間、肩がビクッと跳ね上がる。

「ひとりで出歩くなと言ったはずだ。なぜ私に相談しない！　連絡先を知らせておいただろう！」

「ク、クライヴさんは……お仕事で忙しいと……」

「私が来なければどうなっていた！　バッグを奪われただけでなく、君にも危害が及んだかもしれないんだぞ！」

大きな声が耳朶を打つ。彫りの深い端整な顔に激怒が浮かび、鋭い碧眼の光彩が知里を威圧するように射抜いている。

「……ご、ごめんなさい」

（ここは日本じゃないのに……）

知里は両手を膝の上で握りしめて、うつむいた。クライヴに指摘された通り、認識が甘かったのだ。

「それで、君はストックホルムで何をしようと思っていた？」

「……人が多い場所でビラを配れば、何か父の手がかりがあるかもしれないと思ったんです。……あ、ビラが」

転倒した時に落としてしまったビラを拾おうとしたが、先ほどの衝撃が残っているようで、足が震えて前に倒れそうになり、クライヴが腕を摑んで支えてくれた。

「どうした？」

「すみません。足が……ちょっとおかしくて」

「顔色が悪い。少し待っていてくれ」

クライヴが待合室のベンチに座らせてくれた。彼は手早くビラを拾い集め、手渡してくれる。

「あ、ありがとうございます」

頭を下げ、クライヴに迷惑をかけてばかりだと歯噛みする。

「まったく、君は――」

「す、すみません……」

知里の肩が小刻みに震え出し、そのことに気づいたのか、クライヴがはっと息を吞む気配がした。

「――知里、顔を上げて」

いくぶんか穏やかになったクライヴの声に、唇を嚙みしめて顔を上げる。

「君のことが心配で、強い言い方になってしまった。すまない」

「クライヴさん……」

彼が表情を強張らせて強く怒鳴りつけたのは、知里のことを心底心配してくれたからだった。

そのことに気づいた知里は申し訳ない気持ちが胸の奥から込み上げ、真剣に謝罪した。

「勝手に行動して、すみませんでした。助けてくれて、本当にありがとうございます」

深く頭を下げると、知里の頭にクライヴが優しく手を乗せた。

「もう謝らなくていいよ。私も怒鳴って悪かった。君に何かあったらと思うと、つい……」

そろそろと顔を上げると、クライヴは安心させるように微笑を浮かべてくれた。

「体は大丈夫か？　カフェかどこかで休憩しよう」

もう怒っていないようだと安堵し、知里は小さく息をつく。

「いいえ……もう落ち着きました」

「無理をしないでくれ」

優しい声で言うクライヴに、本当に大丈夫だと伝えたくて小さく微笑んだ。二人は駅を出て駅前を歩き始める。クライヴが何か言いたそうに口を開き、紺碧(こんぺき)の瞳をゆっくり眇める。

「知里、君に言っておきたいことが――」

途中でクラクションが鳴り、知里とクライヴのそばに一台の車が停まった。黄色の高級車のドアが開いて中からライネが降りてきた。

「ライネさん⁉」

まさかこの場にライネも来てくれるとは思わず、驚いた。

「クライヴが知里くんとの通話の後、顔色を変えて屋敷を飛び出して行ったから、何事かと思って後を追ってきたんだ。知里くん、何かあったの？」

クライヴが神妙な面持ちで、静かに口を開いた。

「知里が盗難に遭ったんだ。匂いから犯人が普通の人間だとわかったので追わなかったが……」

「……そっか、知里くん、大丈夫だった？」

「はい、クライヴさんが駆けつけてくれたおかげで、何も盗られませんでした。あの、それってどういう意味でしょうか」

「……」

クライヴの「普通の人間」という一言がやけに耳に残ったので尋ねると、クライヴもライネも黙ってしまった。

「でも、知里くんが無事でよかったよ。手を怪我してない？　ほら、そこ」

ライネが知里の手を取ると、手首に擦りむいたような赤い筋ができていた。

「あ……これは、バッグを奪われた時に少し擦っただけです」

実際かすり傷で、ライネに指摘されるまで知里自身も気づかなかった。

「かわいそうに。怖い思いをしたね」

囁いたライネがさりげなく知里の手を掴み、赤くなっている手首に口づけた。

「……っ」

やわらかな唇の感触にドキリとする。ライネが傷の上をぺろぺろと舐め始めたので、思わず体を仰け反らせた。

「だ、大丈夫です……あのっ」

真っ赤になった知里が動揺していると、そばに立っていたクライヴと目が合った。彼は何も言わずにライネと知里を見つめている。

「本当に、平気ですので……」

ようやくライネが手を放したところで、突然、知里の携帯電話が鳴った。すみません、と断って画面を確認すると翔吾からだった。

通話ボタンを押すと、ひどくあわてた大きな声が聞こえた。

『知里くん、ごめんね。オレだけど！』

「翔吾さん、どうしたの？」

平静さを失った様子に驚いていると、翔吾が早口で続ける。

『獣医仲間から連絡があって、フィンランド北東部のオウランカ国立公園で、野生のヒグマが原因不明の病気で次々と倒れているらしい。獣医が足りないということで、動物病院を休みにして、これからオレも治療に向かうことにする。しばらくの間は帰れそうにないんだ。知里くんひとりにしてごめんね。大丈夫かな』

緊迫した声音から緊急事態のようだと思い、動物病院を休みにしてまで駆けつける翔吾に心配をかけるわけにはいかないと、咄嗟に知里は安心させるように明るく答えた。

「僕は大丈夫です。だから心配しないで、フィンランドでお仕事を頑張ってください」

『――ありがとう、それじゃあ、行ってくるよ』

通話が終わると、前髪を掻き上げたクライヴに、「ドクター翔吾の声は、ずいぶん大きいね」と苦笑された。

「電話の声が私達のところまで聞こえてきたよ。フィンランドに行くと言ってたね。その間、知里はひとりで大丈夫なのか？」

「はい。平気です。僕は家事が得意ですので」

明るく言ったが、クライヴから即座に反対された。

「スウェーデンに慣れていない君をひとりにはさせられないよ。——知里、よかったら少しの間、私の屋敷へ泊まらないか？」

「ええっ？」

大きな声を上げたのはライネだ。小声で「クライヴが俺とテオドル以外を屋敷に泊めるなんて珍しい……」とつぶやいている。

知里も予期せぬクライヴの提案に戸惑ったが、きっと自分の身を案じてくれているのだろう。そんな彼の気遣いに、うれしさがじわじわと込み上げてきた。

「そ、それは……助かりますが……でも、ご迷惑では……」

ライネがヒュウと口笛を吹き、知里に親指を立てて見せた。

「クライヴがいいって言ってるんだ、遠慮することはないよ。俺が言うのもなんだけど、クライヴの屋敷は大きいから、部屋がたくさん余っている。俺も自宅マンションより居心地がいいから、しょっちゅう泊まらせてもらっているし、ひとり増えても大差ないと思うよ」

「本当に、いいんですか？」

クライヴは「ああ」と笑顔で頷いた。

「君はひとりにならない方がいい。ドクター翔吾が留守の間、私の家に来てくれれば安心できる」

クライヴが心から知里の身を案じてくれているのが伝わって、うれしくなる。そんな心配をよそに、ひとりで行動してしまった申し訳なさを感じた。

「そう言ってもらえるのは、すごくありがたいです」

「よーし、決まり。知里くんの部屋、俺の隣にしてよ。ね、クライヴ？」

「……それはまた後で考えるよ」

クライヴとライネが話している間、ふと視線を感じて知里は背後を振り返った。

（また、誰かが見ている）

今回は複数の視線を感じた。だが、周囲をよく見ると、駅前を行き交う人々がちらちらと見ているのは、知里ではなくクライヴとライネのようだった。これだけ長身で顔立ちの整った美形が並んで話していたら、それだけで目立ってしまうらしい。

若い女性達のグループなどは、あからさまに騒ぎながらこちらに熱視線を送っているが、クライヴとライネは注目されてもまったく気にする素振りはなく、二人で穏やかに談笑している。知里なら羞恥を感じてそわそわしているところだ。

（僕を見ていると思ったのは気のせい？　でも……）

その時、ふいにライネが何かを思い出したように手を打った。

「そうだ、テオドルから伝言を預かっていた。クライヴ、協会の上層部から、近いうちに面会したいと依頼があったらしいよ」

「わかった。知里、一旦屋敷へ戻ろう」

「はい」

クライヴに促されて歩き始めるとすぐ、ライネに腕を掴まれた。

「俺は少し買い物をしてくるよ。知里くんの着替えとか下着とか買わないとね」

「それじゃあ、僕も……」

「いいよ、俺が買ってくる。サイズを教えて」

「えっと、日本ではMサイズで……」

「ん――、わからないなぁ」

腰を引き寄せられ、強く抱きしめられて、知里は目を丸くする。

「サイズを確認したんだよ。今のでわかった。それじゃあ、ちょっと行ってくる。知里くん、後でね」

ニヤリと笑ってひらひらと片手を振り、ライネは車に戻って走り去った。

「……知里、行こう」

「は、はい」

クライヴは知里を気遣いながらも無言で歩き、一言もしゃべらない。

（なんだか機嫌が悪そう……）

もしかすると表面上ではもういいと言いながら、知里がクライヴの忠告を無視してひとり行動をしてしまったことに気分を害しているのだろうか。それとも他に何か理由が……？　何か言いたいけれど、言葉を探せなくて黙って歩いた。

屋敷に着くと、クライヴが玄関を開けてくれた。

「知里、中へ」

「はい、失礼します」

室内に入ると、弾んだ声を出しながらテオドルが軽い足取りでやってきた。

「お帰りなさい〜クライヴさ……うわ、またこのチビ！　何しに来たんだよ」

噛みつくような顔で睨んでくるテオドルに、知里はあわてて頭を下げる。

「こんにちは、テオドルさん。お世話になります」

「はあっ？」

「知里の叔父が仕事でフィンランド北東部へ行くことになった。ひとりは何かと危険だし不便でもあるから、その間ここに住んでもらおうと思う」

クライヴが説明すると、テオドルが信じられないというように目を剝いた。

「子供じゃあるまいし、ひとりで平気ですよ！」

「知里は今日、盗難に遭った。それにまだスウェーデンに慣れていない。テオドル、知里のことを頼む」

「ぐっ……」

クライヴに頼まれると嫌とは言えないテオドルが、眉間に縦皺を刻んで、ひそひそとクライヴに耳打ちしている。

「ちょっと待ってください、クライヴ様。万が一にもこのチビにあのことを知られたら……」

テオドルの声がかすかに震えている。

（あのことって何だろう）

訊こうとしたが、テオドルの真剣な表情を見ると、何だか黙っていた方がいいように思えた。

「――大丈夫だよ。心配しないで、知里と仲良くしてあげてくれ」

きっぱりとクライヴが言い切ると、テオドルは長嘆し、ぐっと拳を握りしめて鬼の形相で睨みつけてきた。

「おいチビ！　言っておくが、余計なことをペラペラしゃべるなよ。それから勝手に屋敷の中を歩き回るな。わかったな！」

叫ぶように言うテオドルをクライヴがたしなめる。

「そんな言い方はないだろう、テオドル？」

「……ボク、用がありますので」

テオドルはクライヴに一礼し、知里にはツンと顔を背け、足早に廊下を歩いて行ってしまう。

「知里、こっちだよ。君の部屋を案内するから、ついてきて」

クライヴが螺旋階段を上がり、知里を二階の客間へ案内してくれる。

「この部屋を使って。……私の部屋が隣だから、何かあればすぐ対応できるからね」

「はい、ありがとうございます」

クリーム色の壁の室内は広く、大きな窓にはたっぷりとドレープを取ったビロードのカーテンがかけられ、ベッドや机、チェストなどが整然と置かれていた。

「素敵な部屋ですね。まるで高級ホテルみたい……すごくうれしいです。あの、僕、料理が得意なので、もし迷惑でなければみなさんの夕食を作りましょうか？」

美しい部屋を使わせてもらえることに感謝して、何かお礼を兼ねて恩返しができればと思いそう提案すると、クライヴが困ったように囁いた。

「屋敷にはコックがいるから、君はそんな心配をしなくていいんだよ」

「そうですか……」

「――知里」

クライヴが何気ない素振りで手を伸ばしてきた。彼の手が知里の首に触れ、一瞬体を固くする。彼の手はひどく冷たい。

（クライヴさん……？）

見つめてくるクライヴの青色の瞳が苦しそうに細められ、思わずぞくりとした。何か言いたそうな目だと思っていると、さらさらと雨音が聞こえた。クライヴが顔を窓の方へ向け、知里もぽつぽつと水滴が当たる窓の外を見る。朝は快晴だったが、気づかないうちに雨が降り出していた。

「いつの間にか雨が……」

「そのようだね」

確か十五年前にも、こんなことがなかっただろうか。遠い記憶を懸命に辿り、思い出す。クライヴと二人、シリヤン湖へ行く途中で雨が降ったことがあった。傘をさそうと言うと、彼は大丈夫、小雨は気持ちいいからと言って雨の中を走って行った。すっかり忘れていたがその時のクライヴの笑顔まで思い出した。

「知里――」

「はい？」

クライヴは気持ちを切り替えるように息をつき、小さく微笑んだ。

「ビラを配ったり、英一郎氏を探しに出かけたりするのは、晴れた日の方がいいだろう。今日はもう切り上げるといい。ゆっくりテレビでも見てくれ。映画やドキュメンタリーのＤＶＤがリビングに置いてある。好きなものを観ていいし、室内のノートパソコンも自由に使ってくれてかまわない」

ざっと説明すると、クライヴは窓際へと歩み寄り、涙のような雨模様の空を見つめた。その横顔にどこか寂しそうな色が窺えて、知里は寄り添うように彼の隣に立ち、同じように窓の外を見つめる。

「クライヴさん、もしかして雨が嫌いになったんですか」

クライヴはふわりと笑って知里を見た。

「君は鋭いね。——四年前の事件の後も、こんな小雨の日が続いた。だから私は……」

「四年前……？」

何があったのだろう。雨の中を楽しそうに笑顔で走っていた彼はもういない。空白を埋めるように、彼は音もなく降る雨をじっと見つめている。

ふいに部屋の扉がノックされ、買い物袋を持ったライネが入ってきた。

「やっぱり知里くんの部屋は、クライヴの隣になったのか。まあいいや。知里くんの着替えを買ってきたよ」

「ずいぶん早かったね」

クライヴが苦笑し、知里が「わざわざすみません」と頭を下げる。ライネが笑顔で購入した服をソファの上に広げた。

「ほら見て、これなんか知里くんに似合うよ、きっと」

カットソーや半袖シャツが数枚と、デニムのズボンと半ズボンもある。オレンジ色や黄色、赤色など、あまり着ない明るい色の服を次々に知里の前に持っていって合わせ、ライネがうれしそうに頷いた。

「うん、可愛い、可愛い。やっぱり知里くんは明るい色が似合うね。クライヴもそう思うだろう？」

「ああ、そうだな」

「たくさん買ってくれて、ありがとうございます。いくらかかりましたか？」

財布を取り出すと、ライネが顔の前で手を振った。

「いいよ、いいよ。俺の写真集を持っていてくれた知里くんへのプレゼントだ」

「そういうわけには……ちゃんとお支払いを……」

「うーん、それじゃあ、服代の代わりに、俺とお酒を飲んでくれるかい？」

「え、それだけでいいんですか？　そんな……」

「俺は意外と人見知りするタイプなんだ。だから酒を飲んで、ゆっくり知里くんと語り合いたいんだ」

（人見知り……）

これまでのやり取りから、そんな素振りは見られなかったが、ライネのグリーンアイが真剣な色を帯びているのを見て、知里はこくんと頷いた。

「わかりました。僕はすぐに酔っちゃうけど、それでもよかったら」

ライネがうれしそうに微笑み、壁に背を預け腕を組んで見ていたクライヴの方へ顔を向ける。

「ねえクライヴ、知里くんと二人で飲んでいいかい？」

「――好きにすればいいよ」

低くつぶやき、クライヴが部屋から出て行くと、ライネが喜々として知里に尋ねた。

「よかった。知里くんと二人きりだ。早速だけどビールでいいよね。それからつまみも、コックに頼んでくるよ」

「えっ、これから飲むんですか？　あの、よかったらクライヴさんも一緒に」

なぜかわからないけれど、ライネと親しくしているとクライヴが不機嫌になるような気がして提案してみた。しかし、片眉を上げたライネがすぐに首を横に振る。

「俺は知里くんと二人で話がしたいんだ。いいかな？」

クライヴが嫌がることはあまりしたくないが、大切な話があるのかもしれない。知里は頷いた。

「わかりました」

「よし、美味しいつまみを持ってくるからね。待っていてくれ」

さっと部屋を出て行ったライネが、すぐに両手に大きなトレイを持って戻り、ソファのテーブルの上いっぱいにつまみとビールを並べていく。

「それじゃあ知里くん、カンパ～イ」

「はい、乾杯——」

グラスを掲げ、知里はこくこくとビールを飲んだ。

「美味しい……」

アルコールは苦手だが、フルーティーな味のビールで苦みも少ないので、とても飲みやすい。

「お、いい飲みっぷりだね。つまみのミートボールとマッシュポテトも食べてね。夕食用のおかずをもらってきたんだ」

「熱々で、すごく美味しいです」

「スウェーデン人は、ミートボールが大好物なんだよ」

ライネは上機嫌でビールを飲み、日本について雄弁に語り始める。

「数年前だけどさ、俺、寺院の写真を撮りに京都へ行ったことがあるんだ。あの雰囲気は素晴らしいね。神秘的という言葉では表現できないものを感じたよ」

ライネは撮影旅行で来日した時に見た寺院のことについてひとしきり熱く語ると、ふっと知里に温和な眼差しを向ける。

「知里くん」

「はい？」

「これから少しだけ、大切な話をするよ」

「あ、はい」

あわてて居住まいを正す知里を見て、ライネがくすっと笑う。

「素直だなぁ、知里くんは。テオドルと大違いだ……。あのさ、俺とクライヴが同級生で親友ってことは、自己紹介した時に言ったよね」

「はい、聞きました」

「実は幼馴染(おさななじみ)なんだ。俺、クライヴのことを小学生の頃から知っているんだよ」

「ライネさんとクライヴさんの小さな頃って、想像できないです」

きっと二人とも可愛かったんだろうなと思っていると、ライネも昔を思い出しているのか、表情をほころばせて続ける。

「でもね、俺はクライヴのことが苦手だった。学校の勉強やスポーツやその他もろもろ、あいつには何をしても敵わなかったんだよ。だからすごく悔しかったし、大金持ちの息子ってことで、対抗意識を感じていた」

なつかしそうな目をして、ライネが窓の方を見た。そういう仕草が、先ほどのクライヴとよく似ていると思いながら、知里も同じように窓の向こうの空を見上げた。灰色の空から細い雨が途切れることなく降り続いている。

「……実は俺はフィンランド人なんだ。二歳の時に両親とフィンランドから移住してきた」

「フィンランド……？」

「そう。両親は頑張って働いていたけど、なかなかスウェーデンでいい仕事が見つからず、うちは貧乏だった。それもあってクライヴのことが最初は気に入らなかった。でも、クラスメイトから同じ服ばかり着ているとからかわれたことがあって、その場に通りかかったクライヴが相手を怒鳴って、俺をかばってくれた。それからだんだんと話をするようになって、仲良くなった」

「ライネさん……」

クライヴと並んでも遜色(そんしょく)ない美形で、世界的に活躍するカメラマンのライネが、そんな苦労をしていたと知り、知里は驚いた。

銀髪の長髪を掻き上げ、ライネは緑色の瞳を細める。

「クライヴは旧貴族家のひとり息子で、いつも周囲から期待されてきた。だから子供の頃から同級生よりも大人びて達観していたけど、本当は誰よりも純粋で優しいんだよ。大学生の時に派遣会社を設立して、俺の父親に条件のいい仕事を紹介してくれたし、仕事に就けない人達のために雇用のチャンスを与えている。俺にカメラを貸してくれたのもクライヴだった。俺が撮った写真をすごく褒めてくれて、それで俺はプロを目指すようになった。……何が言いたいのかっていうとね、クライヴはすごい人物なんだけど、人一倍優しい普通の男なんだってこと。俺はそんなクライヴの親友になれて誇らしさを感じているんだよ。だから……」

そこまで話すと、ライネは深く息をつき、真剣な声音で付け加えた。

「――知里くん、何があってもクライヴを信じてあげてほしいんだ」

ライネの緑色の瞳が懇願するように知里を見つめている。知里は一度大きく息を吸った。

クライヴはずっとメールで励ましてくれた恩人だ。再会した当初は距離を感じたが、心配して車で送ってくれたり、駅まで駆けつけて叱ってくれたり、少年の時と根本的なところは変わっていないのだと、今ではちゃんとわかっている。

「僕はクライヴさんのことを信じます」

知里がはっきり答えると、ライネがほっと安堵した笑みを浮かべ、喉を鳴らしてビールを飲み干した。

「よし、それじゃあ次は、知里くんとクライヴの出逢いの話を聞かせてよ」

「え、僕とクライヴさんの？　あ、はい。えっと、十五年前にスウェーデンに遊びにきた時にクライヴさんと出会ったんです。一緒に遊んでくれるようになって、二週間ほどシリヤン湖付近で一緒に過ごしました。日本へ帰国してから文通を始めて、途中からメールになってそれを続けて……」

親身になってメールで相談に乗ってくれたことを話すと、ライネは「へぇ」と感心した声を出した。

「俺はクライヴと長い付き合いだけど、日本人の子とメールしているなんて全然教えてくれなかったよ。あいつ、なんで黙っていたんだろ」

「……僕がしつこくメールしたから、迷惑だったけど仕方なく続けていたのかもしれません」

自分でも嫌な言い方になってしまったと思っていると、ライネが眉を上げた。

「え、まさか。知里くん、そんなことを考えちゃダメだよ」

「すみません……。でも、途中で連絡が途絶えたんです。きっとバカなことを書いて、クライヴさんにあきれられるか嫌われるかしたんだと思います」

ライネが首を左右に振って、はっきりと言う。

「クライヴはそんな簡単に友達を嫌ったりするような奴じゃないよ。ねぇ、いつから連絡が途切れたの？」

「四年前です」

一瞬、ライネが虚を衝かれたように緑色の目を見開き、こくこくと小さく頷いた。

「ああ……そうか。なるほど」

「えっ？」

ライネの唇に笑みが浮かび、ビールをグラスに注ぐ。

「知里くん、クライヴの子供の頃のことをもっと知りたいかい？」

「あ、はい。聞きたいです」

メールが途切れた理由も含め、クライヴのことをもっと知りたいと思う。

「それじゃあ、あの話をしようかな。クライヴが小学生の時に女の子を泣かせたことがあるんだ」

「クライヴさんが女の子を泣かせた？」

驚いている知里を見て、ライネが笑った。

「そうなんだ。ふふっ、女の子から告白されてさ、正直な気持ちを聞かせてって言われて、クライヴが即座にきっぱり断ったんだ。そしたら女の子が声を張り上げて泣き出してさ。クライヴがあわてて謝ったけど、その女の子からビンタされた上に大泣きされて困っていたよ」

「え……クライヴさんかわいそう」

「それが一度や二度じゃないんだ。少しは悩んだり返事を保留にしたりすればいいのに、クライヴはすぐに断るからさ——」

ビールを飲み、ミートボールを食べながら、クライヴとライネの思い出話をいろいろ聞いていると、小一時間ほどして、ノックの音と共にクライヴが入ってきて驚いた。

「——ライネ、少しいいか？」

「よう、クライヴ、やっぱり俺達と一緒に飲みたいんだろう？　来いよ、飲もうぜ」

上機嫌のライネが誘ったが、クライヴは苦笑した後、すっと表情を引き締め、冷静な声を出した。

「協会から連絡があった。緊急事態だ」

ライネが顔色を変え、すぐに飲みかけのグラスをテーブルに置いた。

「何があったんだい——？」

「隔離病棟にいた例の人間が死亡したらしい」

「あそこは協会管轄の施設だろ？　まさか……過激派が……？」

驚愕しているライネの肩を小さく叩き、クライヴが安心させるように言う。

「会長が役員に集合をかけて今後の対策を協議している。私もこれから向かう。大丈夫だよ」

青色の瞳が真っ直ぐに知里へ向けられた。

「知里——」

「は、はいっ」

重々しい雰囲気に、どういうことなのか事情がさっぱりわからないまま、クライヴを見つめ返す。

「あまり飲みすぎないように、ほどほどにね。私は用があって少し出かけてくる」

子供に言い聞かせるように、優しく手が伸び、髪を梳くように撫でられる。

「クライヴさん、あの……」

「ライネ、知里を頼む。それじゃあ、行ってくるよ」

何も訊けない雰囲気をクライヴが出しているので、知里はあわただしく出て行く彼を何も言わずに見送った。

緊急事態とか、過激派とか、物騒な言葉は何のことだろう。

「ライネさん、あの」

「うん？」

クライヴのことが心配で、ライネに小声で尋ねた。

「クライヴさんはどちらへ行かれたんですか？」

「ああ、うん、ごめんね、心配だよね」

「はい……危険な場所へ出かけたんじゃ……」

ライネの唇がゆっくりと曲線を描き、妖艶な微笑みが浮かぶ。

「ねえ知里くん、クライヴのことが心配なのはどうして？」

「えっ？」

質問に目を見開いた知里を見据え、ライネが重ねて尋ねてきた。

「俺やテオドルでも、クライヴと同じように心配になった？　それともクライヴだから？」

「や、いえあの、それは……もちろん同じように心配します」

「本当に？」

「は、はい……」

頬に熱が集まり、鼓動が速まっていく。

「――知里くん」

ライネに優しく両頬を手で挟まれて、気づくと緑色の瞳が目の前まで近づいている。吐息が唇にかかり、知里の肩が小さく揺れた。

「あ、の……」

ライネとの近すぎる距離に動揺し、離れようと身じろぐと、彼がくすくすと笑い出した。

「参ったね。立場上、巻き込みたくなくて足踏みしている王子様と鈍感なお姫様じゃあ、進展しようがないか」

「え……？」

意味がわからずに目を瞬かせると、銀髪をゆっくりと掻き上げ、ライネが唇に笑みを浮かべた。

「ごめんね、クライヴの行先は言えないんだよ」

「で、でも……」

「クライヴは大丈夫だから。あまり考えすぎないで」

彼のグリーンアイが、これ以上詮索しないでほしいと訴えているように細まったので、知里は唇を嚙みしめた。

「……わかりました」

その後、ひとりになると室内のシャワーを浴びて、パジャマに着替えた。大きな苺(いちご)模様のついた可愛いパジャマに苦笑するが、着心地はとてもいい。

ベッドに入って息をつくと、クライヴの顔が浮かんできた。

(こんな夜遅くに、何の仕事で出かけたんだろう。協会って……？)

心配でぎゅっと目を閉じ、シーツを頭の上まで引っ張り上げる。

(どうか、クライヴさんが危険な目に遭っていませんように)

祈るように心の中で繰り返しているうちに、まもなく意識が遠のいた。


どれくらい経っただろう。室内の灯りを消すのを忘れて寝ていた知里は、顔が濡れる感覚にふと目が覚めた。

「――っ」

目を開け、息を呑んだ。驚きすぎて声が出ない。

ベッド下のラグに、大きな金色の毛をした狼が佇んでいる。

口元から鋭い牙が見えた瞬間、思わず「ひっ」と飛び起きた。

なぜ、野生動物保護区域ではない、このエステルマルムに狼がいるのだろうか。

「クゥーン」

狼は硬直した知里を安心させるように優しく吠え、ペロッと舌で知里の頬を舐めた。

その瞬間、甘い香りが漂ってきてハッとした。プリンや花に似たほっとするような不思議な匂いだ。

この匂いがする狼を知里は知っている。

「ゴールド!?　もしかして君はゴールドなの？」

体は以前より大きくなっているが、金色に輝く毛並み、青色の双眸は記憶の中のゴールドと同じだ。

「嘘！　わざわざ僕に会いにきてくれたの？」

「ウォォン」

大きな体軀(たいく)の狼が甘えたように甲高(かんだか)く鳴き、金色に輝く立派な尻尾を勢いよく振っている。

パタン、パタンと太い尻尾が床を叩く音がして、ペロペロと頬を舐められ、知里は笑顔になる。いつの間にか恐怖心や、なぜ部屋に狼が入り込んでいるのかという疑問が薄まっていった。

「ゴールド、本当に久しぶりだね。立派になって……」

そっと手を伸ばし、金色の毛皮をゆっくり撫でると、ゴールドがうれしそうに「ウオンッ」と声を上げた。

甘くていい香りの中に血の匂いがかすかに漂い、ゴールドの右前足から血が出ていることに気づいた。

「ゴールド、怪我をしているよ。ちょっと待ってて。手当てをしよう」

小さな救急箱が各室に置かれているので、それを使ってゴールドの怪我に薬を塗り、上から包帯を巻いた。

「これで大丈夫だよ」

「グル……ッ」

「今の家はスカンセン野外博物館？　そこまで戻れる？」

大丈夫だ、と言うように短く吠え、ゴールドが知里の体に頭を擦りつけてきた。

甘くて強い匂いが濃くまとわりつき、知里は息苦しくなってしまう。

「夜のうちに戻らないと、見つかったら大変だよ」

知里が窓を大きく開けてやると、ゴールドが「キューン」と犬のように鳴いた。

「またね、ゴールド。来てくれてありがとう。うれしかったよ」

「クウォォン――」

低く吠えるとゴールドは軽々と跳躍し、窓から出て壁を飛ぶように駆け下りた。

逞(たくま)しい金狼の優雅で機敏な姿は、あっという間に漆黒の闇の中に紛れて見えなくなる。

「すごい……」

ため息をついて、ベッドへ戻った。

「普段飲まないビールを飲んだから、酔って幻でも見たのかな。でもゴールドに会えてうれしかった」

そんなことを思いながら、知里は目を閉じ、うつらうつらと眠った。

6

翌朝、知里がゆるゆると瞼を持ち上げると、ぼんやりとした視界に広い室内が映った。

「……ここは……そうだ、クライヴさんのお屋敷だ」

知里は急いでベッドから起き上がり、ライネが買ってきてくれた服に袖を通し、赤色の半袖シャツとデニムの半ズボン姿になった。あまり着たことのないカラフルな色合いだが、スウェーデンという国にいると不思議と違和感がない。

窓の外は雨が上がり、高く澄んだ青空に白く細い雲が薄く広がっている。日差しのまぶしさに目を細めて昨夜のことを思い出す。

(あれは夢じゃなかったよね。ゴールドは僕を覚えていて会いにきてくれたんだ……)

一階の食堂へ入ろうとして、少し開いているドアの向こうから、テオドルの大きな声が聞こえてきた。

「――それじゃあ、事故じゃなくて殺害されたってこと？　監視がついていたのに、そんなことができるなんて」

動揺を滲ませたテオドルの声に続いて、ライネの低いつぶやきが聞こえてくる。

「過激派にも高位種(エリート)がいるってことだね。この頃急激に組織の人数を増やしているようだし、ますます注意が必要だよ」

何の話かわからないが、真剣な会話に食堂へ入ろうか迷って、立ち聞きするのも嫌なので、思い切ってドアを開ける。

「やあ、知里くん、おはよう」

ライネが明るく手を振り、テオドルが低く「おはよう」と声をかけた。

「おはようございます、ライネさん、テオドルさん」

知里が遠慮気味に席につくと、コックが朝食をテーブルに並べてくれた。

コーヒーの香りが漂い、野菜を載せたオープンサンドとニシンのマリネ、海鮮サラダが並べられる。

いただきます、と手を合わせ、食べ始めた知里を見て、ライネが口元をほころばせた。

「知里くん、昨夜はいろいろ話せて楽しかったよ。また二人で飲もうね」

「はい、ライネさん」

「へぇ、ライネはこのチビが気に入ったんだ。ふうん」

サラダを口に運びながら、不機嫌そうにテオドルがライネと知里を交互に見ている。

「まったく、クライヴ様といい、こんなチビのどこがいいんだか……」

ふと、クライヴの姿が見えないことに気づき、食堂の中をきょろきょろと見渡した。

「あの……？」

「何だよ！」

テオドルに不機嫌に訊き返され、知里が「いいえ」と答えて身を縮める。

「ん？　ああ、クライヴがいないから気になっているのかい？　昨夜は仕事が忙しかったようなんだ。朝方あいつの部屋に行ったらまだ起きていた。疲れているようだから昼前まで寝かせてやろうと思って……」

ライネの言葉にかぶせるように、テオドルがムッとした顔のまま、苛立ったように言う。

「おい、チビ。お前のせいだぞ。クライヴ様は忙しいのに」

非難するテオドルからかばうようにライネがたしなめる。

「テオドル、そんな言い方はないだろう。知里くんがかわいそうだよ」

「だってそうだろ、協会の仕事が多忙な時に、こいつが盗難に遭ったりして心配をかけるから」

クライヴは知里を助けに駅まで来てくれた。そのおかげでバッグを盗まれずに済んだことを思い出し、感謝する気持ちと共に、ひとりで行動した短慮を反省する。

「これ以上クライヴ様の足手まといになるなよ！」

テオドルの声に「気をつけます」と肩を落とす。クライヴのことが心配なのに、自分が迷惑をかけていると言われ、息を吐いて奥歯を嚙みしめた。

ふいに玄関の呼び鈴が鳴った。ライネが玄関へ出て応対し、すぐに戻ってきてテオドルに声をかけた。

「アリシアが来ている。子供達も一緒だ。クライヴに話があるそうだよ」

「……わかった、来客室に通してボクが応対しておくから、ライネはクライヴ様を起こしてきて」

「了解」

誰か来たのかなと思っていると、ライネの携帯電話が鳴り出した。

「知里くん、悪い、仕事関係の電話がかかってきた。俺の代わりに、お客さんが来たと伝えてクライヴを起こしてくれるかい？　来客室へ来てくれって」

「はい、わかりました」

急いで螺旋階段を上がり、クライヴの部屋の扉をノックする。何の返事もないのはたぶんまだ寝ているのだろう。

「あの、クライヴさん、お客様です。お疲れのところすみませんが、起きてください」

声をかけても返ってくるのは沈黙だけで、朝方まで仕事をしていたのにと、すまない気持ちになったが、客が待っているので仕方がない。鍵はかかっていないようなので、ドアを押し開け、中へ入った。

厚手のカーテンが大きなフランス窓にかかり、室内は薄暗い。

「おはようございます、クライヴさん——、カーテンを開けますね」

大きな窓にかかった重厚なカーテンを開けると、まぶしい朝の日差しが室内を明るく照らし出す。

「……ん……」

ベッドの中でクライヴが小さく呻いたが、まだ起きない。知里は窓を細く開けた。心地よい風が入ってくる。

「う……ん……」

寝返りを打ったクライヴの右手に、包帯が巻かれていることに気づいて知里は動きを止めた。昨日はなかったはずだ。どこかで怪我でもしたのだろうか。心配になり、近づいた時にふと、昨夜ゴールドの右前足に包帯を巻いたことを思い出した。

包帯をじっと見つめていると、背後からライネの声が聞こえて驚いた。

「クライヴ、起きてよ。お客さんだよ」

「……ん……っ」

クライヴの長いまつ毛がぴくっと揺れ、瞼がうっすらと開く。焦点が合っていない青色の瞳が、ぼんやりと知里を捉えた。

「う……ん……、知里……？」

「あ、えっと、あの……お客様がお見えです」

無防備な彼と目が合い、あわてて答えると、ライネが説明を加えてくれた。

「アリシアが来ているんだ。君に相談があるようだよ。今、テオドルが来客室で応対してくれている」

「――わかった。起きるよ」

クライヴがそう答えて起き上がるのを見守り、ライネが小声で訊いた。

「その手の傷は？」

「昨夜、過激派の鎮圧でね。思った以上に人数が多くて時間がかかった」

「クライヴ、大丈夫なのかい？」

「ああ、体力を消耗したから昨夜は……」

言葉を切ったクライヴがちらりと知里の方を見た。

後はライネがいるから大丈夫のようだ。知里はぺこりと頭を下げると、部屋から出た。

（クライヴさん、ゴールドと同じところに包帯を巻いていた。あの巻き方……）

訝しく思いながら一階に下りると、廊下に子供が二人立っていた。

「あれ、君達は？」

「こんにちは」

小さな頭を下げる二人をぱちぱちと目を瞬かせて見つめ、来客室の客が連れてきた子供達だろうと気づく。

白色に近い金髪の女の子が姉で、茶色の髪をした子が弟だろうか。二人は知里を見て好奇心に目を輝かせている。

「おにいたんー」

「お兄ちゃんはこの家の人？」

二人に尋ねられた知里は、口元をほころばせた。

「僕は小泉知里。この家でお世話になっているんだよ。君達は？」

「あたしはシーラ、六歳。弟のエディは三歳よ」

「よろしくね、シーラ、エディ」

目線を合わせ、頭を優しく撫でると、二人ともにっこりと笑顔になった。シーラが知里の手を取る。

「お兄ちゃん、あたしたちと一緒に遊んで」

「あしょんでー」

エディが知里にしがみつく。二人に頼まれたら嫌とは言えず、笑顔で頷いた。

「わかった、いいよ。何をして遊ぼうかな」

「あたしブランコに乗りたい」

「ぼく、しゅべりだいー」

どうやら公園に行きたいらしい。

二人に引っ張られるようにして廊下を歩いていると、スーツ姿のクライヴが階段を下りてきた。

「あ、クライヴさまだ！　こんにちは」

「こんにちはー」

二人が仔犬（こいぬ）のように走り寄って挨拶すると、クライヴが相好を崩した。

「シーラ、エディ、二人とも大きくなったね。元気そうで何よりだ」

ふっと知里に視線を移し、クライヴが口調を変える。

「これから、この子達の母親と大切な話をする——。その間は来客室へ入ってこないように、この子達と遊んであげてほしい」

「……はい」

向けられた真剣な眼差しに、知里は緊張した面持ちで首肯する。

来客室の扉が開き、中から白色に近い金髪を肩の辺りでそろえた女性が出てきた。

子供達の母親だろうか。まだ若くてとても美しい彼女が、こちらを見て大きな声を上げた。

「クライヴ様！」

「やあ、アリシア。元気にしていたか？」

アリシアという女性が、満面の笑みを浮かべてクライヴに駆け寄った。

「会いたかったです、クライヴ様……」

「久しぶりだね。君も元気そうでよかったよ」

談笑を交わしている二人は年齢も近く、美男美女でどこから見てもお似合いだ。親密そうな二人を見て、ひりひりとした痛みが知里の胸の奥に広がっていく。

「ママー、このお兄ちゃんと遊んでくるねー」

シーラの声に、アリシアがぎょっと顔を強張らせ、子供達のそばに来て、低い声で囁いた。

「……シーラ、エディ、ちょっと待って。彼は普通の人間なの。注意して接してね」

彼女の声が耳に入り、知里の肩が小さく揺れる。

（まだ……）

以前クライヴからも聞いたその言葉。「普通の人間」。あの時クライヴは答えてくれなかったが、一体どういう意味なのだろう。

考え込んでいると、「あーい」と手を挙げて返事をしたエディに、小さな両手でぎゅっと上着の裾を摑まれた。

「おにいたん、あしょんでー」

「早くお庭に行こう。お兄ちゃん、こっちよ」

シーラとエディに手を引っ張られながら玄関を出ると、空気が澄んでいて、庭園の緑が鮮やかに輝いている。

広い芝生の庭をゆっくり歩きながら、知里はさりげなくシーラに尋ねてみた。

「今日はママと三人で来たんだね。パパはお仕事？」

シーラはううん、と首を横に振った。

「パパはいないの。いつもママとあたしとエディの三人よ」

「そうなんだ……変なことを訊いてごめんね。どこへ行く？　近くの公園がいいかな」

「あっちにブランコとか、いろいろあるの。クライヴさまがあたしたちのために作ってくれたのよ」

シーラの後について行くと、噴水の奥が小さな遊園地のようになっていて、ブランコだけでなく滑り台やシーソーなどが設置してあった。

（園庭に遊具まで……。すごいな……）

感心している間に、シーラとエディは元気よく遊び始め、明るい声ではしゃいでいる。

「お兄ちゃーん、見てー」

立ちながらブランコを漕いでいるシーラに笑顔で手を振る。エディは滑り台が気に入ったようで、するすると滑ってご機嫌だ。

「おにいたーん」

「見てるよー、シーラ、エディー」

知里が応えると、二人とも喜々として遊びに夢中になった。

（二人が怪我をしないように気をつけて見ておこう……）

穏やかな日差しの中で二人のはしゃいだ声が響いている。数十分が経っただろうか。知里が芝生に座って二人を交互に見ていると、目の前で信じられないことが起こった。

遊んでいたエディが、突如として姿を変えたのだ。

「……っ!?」

それは一瞬の出来事で、白昼夢を見ているようだった。露わになった子供特有のやわらかな肌に体毛が生え、小さな体を覆っていく。小振りな鼻先が尖り、口元は大きく裂け、頭上にピンと張った獣のような耳が現れた。

着ていた衣服が破れてその場に散り、丸みを帯びた臀部にはふさふさとした尻尾のようなものが見える。そこにいたのは仔犬のような茶色の毛をした小さな動物だった。

「え……!?」

知里は唖然となった。

「エディ、ダメよ！」

シーラの声が響くと、小さな動物があわてて身を翻した。一瞬にして子供の姿に戻る。

（な、何？　今、何が起こったの？）

知里は夢でも見ているような気持ちで、裸のままちょこんと立っているエディのそばに駆け寄った。

「エディ、大丈夫？」

震える指先でエディの髪を撫で、全身を確認するが、小さな体に異常はない。

「あれほどママから言われているのに、外で狼になるなんて。気をつけないとダメじゃない」

そばに来たシーラが、ピンクのカーディガンを脱いで着せ、強い口調で叱ると、エディがしょんぼり項垂れた。

「あい、ごめんなたい……」

シーラがぐいっと知里の手を両手で握った。

「お兄ちゃん、今見たことは、秘密にしてね」

「ひみちゅにちてー」

二人に懇願され、知里はさらに困惑する。あれは仔犬ではなく狼だったのか。秘密ということは子供達自身も、狼に姿を変えたことを認めているのだろう。

知里が呆然となっているうちに、アリシアが窓から顔を出して二人を呼んだ。

「シーラ、エディ、お菓子をどうぞって、クライヴ様がおっしゃっているの。手を洗って入ってきて」

「お菓子？　わーい、すぐに行くわ」

「おかちー」

駆けて行く二人の後ろ姿を知里はぼうっと見つめていた。

先ほどの衝撃が頭の中で何度もよみがえる。エディの体が揺れ、瞬く間に小さな狼の姿になった。そして今度は狼から子供の姿へ……。

(今のはどういうことだ？　見間違いなんかじゃない。確かに……)

知里はゆっくりその場にしゃがみ込むと、誰もいなくなった滑り台を唖然と見つめた。

「知里くん、こんなところでひとりで座り込んで、どうしたんだい？」

どのくらい時間が経ったのだろう。ライネに声をかけられ、ようやく我に返った。

「ライネさん、あの子は？　エディは――？」

「ん？　アリシアと子供達なら、少し前に帰ったよ。エディがどうかしたのかい？」

「僕見たんです……っ、エ、エディが狼になって……っ。また元に戻って……見間違いじゃなくて」

早口に告げると、微笑んでいたライネの顔から笑顔が消えた。

「見たのかい？　そう……。困ったね。どうする？　クライヴ」

振り返ったライネの後ろに、クライヴとテオドルが立っていた。驚いている二人に、知里は夢じゃないと繰り返す。

「本当なんです。幻覚じゃなくて、エディが茶色の小さな狼に……一瞬で姿を――」

「――知られたからには、こいつの口を封じないと」

テオドルが青ざめた顔で冷たく言い放ち、え、と知里は息を呑んだ。

雰囲気がおかしいことにようやく気づき、テオドルとライネ、クライヴの暗鬱とした顔を見つめる。

「し、知っていたんですか？　エディのこと……」

「クライヴ様……すぐに協会に連絡しましょう」

熱を含まないテオドルの声に、ライネがぎょっとして両眉を上げた。

「ちょっと待てよ、知里くんは友達だよ？」

「でも危険だよ！　四年前の事件を忘れたわけじゃないだろっ」

クライヴがライネとテオドルに視線を向け、静かに言った。

「──知里には全て話そう。彼は大丈夫だ。だから……」

「はあっ!?　このチビに話す？　危険ですよ──」

「大丈夫だ。知里は他言したりしない。それに私は、いつか彼にはきちんと話しておきたいと思っていた」

明瞭な口調で言い切ったクライヴを見て、テオドルが顔を歪めて悲壮な声を上げる。

「なんで……っ、こんなチビをそこまで……、他に方法が……っ」

「過激派に知られたら知里が危険だ。このことは誰にも言わないでくれ」

低いクライヴの声は、有無を言わさない強い響きが込められていた。

「クライヴが決めたことなら、俺は賛成だ。テオドルも同じだろう？」

ライネの賛同に、テオドルがぐっと拳を握りしめた。

「それは……クライヴ様の決めたことならボクだって……でもっ……」

テオドルが不安気に茶色の瞳を揺らし、何か言いたそうに知里を見た。

「くそっ、人間のチビのくせに……っ」

吐き捨てるようにつぶやくと、テオドルが逃げるように屋敷の中へと走り去る。彼の目には涙が浮かんでいた。いつもの勝気な彼らしくない様子に知里は動揺してクライヴとライネを見た。

「あの……、どういう……？」

「……テオドルは俺が説得する。クライヴは知里くんのことを頼む」

ライネがテオドルの後を追って駆け出し、園庭にはクライヴと知里が残された。

「……知里、そんな心配そうな顔をしないで、こっちへきて座ってくれ」

「は、はい……」

クライヴに促され、遊具の隣にある噴水のそばのベンチに、彼と並んで腰かける。

周囲を取り囲む広い庭園に、色とりどりのきれいな花が咲いている。それらが噴水の水しぶきの向こう側で水滴を反射し、美しく輝いていた。

「あの……クライヴさん、僕……」

訊きたいことはたくさんあるが、何から尋ねればいいのかわからない。

彼が話してくれるのを待とうと口を閉じると、赤色や白色や紫色など鮮やかなグラジオラスの花を指差して、クライヴが優しく微笑んだ。

「あの花は、君が好きだとメールで教えてくれた花だ。いつか君に見せようと思って大切に育てた」

彼の言葉に、メールに書かれていた文を思い出す。

『君のために、庭にグラジオラスの花をたくさん植えたよ。好きだと以前メールで教えてくれたから、いつか来た時に喜んでもらいたくて――。私の大切な知里……君に会いたいよ』

あれが、クライヴから届いた最後のメールだった。

自分のために植えられた色とりどりの美しい花々を見つめ、膝の上の手をゆっくり閉じたり開いたりしていると、動揺が少し収まった。

「知里——」

ベンチに座ってグラジオラスを見つめていたクライヴが、温和な眼差しを知里へ向け、言った。

「エディは——人狼なんだ」

「……ジンロウ……？」

聞き慣れない言葉に小首を傾げると、クライヴが「日本ではあまりなじみがないかな」とつぶやいた。

人狼——。確かになじみはないが、つい最近耳にした気がする。どこでだっただろう……。

記憶を辿った知里は、勢いよくクライヴを見た。

「人狼って、童話とか、伝説でよくある？」

翔吾から聞いたことを思い出し、驚きを露わにする知里に、彼は「そうだよ」と頷いた。

「エディは人として生きているが、遠い祖先からの狼の血も受け継いでいる。北欧には、はるか昔から人狼が実在しているんだ」

知里は目を見開いてクライヴを見た。彼の真剣な表情に、こくりと喉が鳴る。

「君は人狼について、どんなふうに聞いている？」

「以前、翔吾さんから聞いたのは……太古の昔、北欧では人間と人狼は、互いの存在を認め合って共存していたって……。でも、いつしか人狼の人口が減って、人間社会から姿を消したと……」

けれどあくまでもそれは都市伝説で、翔吾もおとぎ話だと言っていた。

ただ、その伝説を信じている者も少なからずいる、と。日本でも鬼や妖怪など物語の世界に登場する架空の存在はある。そういった類のものなのかと思っていただけに、クライヴの話はにわかには信じがたいが、知里はこの目でエディが狼になる瞬間を目撃した。

怖がらせない配慮からか、クライヴがやわらかく目元を緩めて穏やかに話し始めた。

「人間社会から退いた後、人狼はコミュニティを立ち上げた。人に悟られず、人間社会でうまく生きていくため、人狼たちが安全に過ごせるように尽力する共同体。我々はそれを『人狼協会』と呼んでいる。スウェーデンにはその本部が置かれている」

「それじゃあ、人狼は実在するんですか？　ほ、本当に？　エディの他にも？　アリシアさんやシーラも人狼なんですか？」

「そうだよ。アリシアとシーラは混血種（ノーマル）の人狼で、エディは高位種（エリート）だ」

「え？　ノーマルとエリート……？」

聞き慣れない言葉に戸惑いクライヴを見つめた。

「人狼には、自由に狼に姿を変えられる『高位種（エリート）』と、条件を満たした時のみ、狼に姿を変えられる『混血種（ノーマル）』の二種類が存在する。混血種（ノーマル）は普通の人間に比べ、怪我の治りが早く身体能力が優れている、といった特徴があり、高位種（エリート）はさらに優秀な頭脳、治癒力、運動能力を持つ数少ない上位集団なんだ。例えば高位種（エリート）は時速七十キロ以上で走ることができるが、もちろん不自然な言動を他者に見られないように気をつけている」

木々の葉を大きく揺らし、強い風が吹き抜け、木漏れ日がクライヴの白皙（はくせき）に影を落とす。

「――知里、私も人狼だ」

クライヴの声に知里は両眼をいっぱいに見開いた。浅く呼吸しながら、からからに渇いた喉を開く。

「まさか……クライヴさんが……人狼？」

先ほどエディが狼になるところを見た衝撃が胸に去来する。彼は日差しを受けて輝く金髪を揺らして頷いた。

「そうだよ、私は高位種（エリート）の人狼だ」

「……………」

言葉を失った知里を見つめ、クライヴが落ち着いた声で告げる。

「君と初めて会った時、私は怪我をして金狼の姿だった。……君がゴールドと呼んでいた狼が私なんだ」

「えっ、ゴールドがクライヴさん……？」

そういえばゴールドの目の色はブルーだったし、同じ場所に包帯を巻いていたことを思い出す。

「信号無視の車に轢かれた時、重症で咄嗟に狼の姿になり、体力を回復して傷を治そうとしていた。治癒した後、君と話がしたくてすぐに人の姿で会いに行った」

「それでゴールドがいなくなって、入れ替わるようにクライヴさんが現れたんですね……それじゃあ、昨夜部屋に来た金狼も？」

クライヴが頰を緩めて頷いた。

「そうだ。過激派の鎮圧で負傷した傷を治癒してもらうため、明かりがついていた君の部屋に行った。知里、人狼についてもう少し詳しく話しておきたい」

「は、はい」

知里がぐっと膝の上の拳を握りしめると、クライヴが静かに口を開いた。

「我々人狼は一度絶滅の危機を迎えたが、協会の働きで今では安全に暮らしている。人狼同士の協調性も高まり、規則も定まってバラバラだった種族が一国家のように結束しているんだ。時代の流れと共に人々の記憶から消えてしまっても人狼は実在し、時として国の中枢にも絡んできた。その歴史をなかったことにはできないし、少なくとも王室にはその記録も残っているだろう。現在は人狼専門の医院があるし、独自の教育機関もある。もちろんここまで様々なものを築き上げたのは人狼の力だけじゃない。人間側の力も借りている」

「えっ、人狼がいることを知ってる人間がいるんですか？」

驚いた知里に、彼はゆっくり頷いた。

「我々が安全に暮らしていくためには、人間側の理解と協力は不可欠だ。人狼協会の上層部は、人間の政界の要人達と定期的に話し合いの場を設けている。彼らとしても、人狼の存在が漏れて人間社会がパニックに陥るのを防がなくてはならないため、今の状態を続けていく必要性を感じているんだ」

穏やかなクライヴの声音に、知里が小さく首を捻った。

「あの……でも、人狼の方々はどうなんでしょうか」

人狼の存在は人間にとって脅威になるのかもしれない。しかし、狼に姿を変えられ、身体能力が高い人狼達はどう考えているのだろう。

知里の問いに、クライヴはグラジオラスの花に視線を移した。

「我々人狼は圧倒的に人数が少ない。高位種（エリート）は人狼の濃い血が混ざった場合に生まれるが、人狼と人間との混種が進んで人狼の血は薄れている。混血種（ノーマル）の中でも人間に近いものが増え、自在に獣化できる高位種（エリート）が少数になっている今、古代のように人間から本格的に迫害を受ければ人狼が絶滅する可能性が高い。人狼にとっても現状が最も安全な状態なんだ」

「人狼の人達は、普通に人間社会で暮らしているんですか……？」

「そうだよ。多くの人狼が己の本質を隠して様々な職業に就き、人間と共存している。現状を維持するため我々は北欧全体に人狼協会を組織し、存在が明るみになる前に、水面下で事態を鎮めるように図っているんだ」

「時々、クライヴさんやライネさんの会話で、『協会』って出てきていたのは、その人狼協会のことだったんですね」

納得したように知里がつぶやくと、クライヴが頷いた。

「人狼協会は私を含め、高位種（エリート）の中から選ばれた代表者が役員を務めている。そして、人狼の八割が『共存派』で、『過激派』が一割、無支持が一割いるんだよ」

知里は目をぱちぱちと瞬かせた。

「共存派？　過激派って……？」

「人狼の中で大多数を占め、人間と共存する今の状態を支持しているのが『共存派』で、ごく少数だが人間に敵対しているのが『過激派』だ。過激派は様々な事件を起こしてきた。――私やライネ、テオドルは共存派で、前リーダーのザクリス氏が亡くなった四年前から、私が共存派のリーダーを兼務しているんだ」

人狼の世界にも党派のようなものがあり、大多数の支援を受け、人間に友好的な共存派と、それに反対する過激派が敵対しているようだ。

「あの、四年前からって……。翔吾さんから、何か事件があったと聞いています」

それに、クライヴからの連絡が途切れたのも四年前だった。何か関係があるのだろうか。知里の気持ちが逸る。

「——一般の人々は、人狼のことを信憑性が薄い都市伝説のようなものと考えている。しかし、子供の頃から絵本などで親しんでいるため、人狼は北欧の人々にとってあまりにも身近な存在なんだ。だから四年前に大きな事件が起こってしまった——」

遠い目をしたクライヴの瞳が揺れ、口元が引き結ばれたが、彼は小さく頭を左右に振ってすぐに穏やかな表情に戻り、言葉を紡ぐ。

「人狼は狼の姿になると、強い回復力を得る。だから身体的な疲れを感じた時は獣の姿に戻り、癒しを求めるんだ。ただ、混血種の人狼は満月の夜にしか狼の姿になることができない。……四年前にスウェーデン国内で数十名以上の高位種と混血種の人狼が、満月の夜に北極圏のイェリヴァーレの森にひっそり集まり、日々の疲れを取るため狼に変身した。しかし、野生のオオカミ狩りに来ていたハンター達に誤って射殺されてしまって——。その中にあわてて人間の姿に戻ろうとしたものがいたんだろう。狼から人間の姿に変身するところを見たハンター達は錯乱状態に陥り彼らに次々発砲した——」

クライヴは風に揺れている木々を見つめ、暗然とした表情で小さく息をついて話を続けた。

「そのハンター達は精神病院へ強制的に入院させられた。彼らは『人狼が存在した』と繰り返し証言したが、遺体は人の姿をしているし何の証拠もない。人狼協会の力が働いたこともあり、この事件は世間を騒がせたがなんとか収拾し、以後『イェリヴァーレの事件』と呼ばれている。犠牲者の中には

「アリシアの夫がいたんだよ」

「シーラとエディのお父さんですか？」

「ああ、そうだ。混血種(ノーマル)の夫婦からでも、エディのように突然変異で高位種(エリート)が生まれることがある。それに犠牲者の中にはテオドルの父親もいたんだ」

囁くようなクライヴの声に、知里は弾(はじ)かれたように顔を上げた。

「えっ、テオドルさんのお父さんは人狼だったんですか？　それじゃあテオドルさんも？」

「そうだよ。テオドルは母親が人間で、混血種(ノーマル)の父を持つ、半人狼だ。彼だけじゃなくてライネも同族だ。彼は混血種(ノーマル)夫婦から生まれた混血種(ノーマル)だ」

「ライネさんも……」

「屋敷にいるコックや使用人も全員人狼だよ」

「あ……」

薄く唇を開いてクライヴを見つめる。彼は知里の頭に手をぽんと置いて、少し話を変えた。

「君がエディのことを話してくれて助かった。アリシアによく言っておかないと。まだ小さいから気をつけないとエディが危険な目に遭う」

つぶやいて、クライヴは庭のグラジオラスと、その横に置かれている木彫りの馬の人形、ダーラへストへ視線を向けた。この木彫りの馬はスウェーデンを代表する玩具(おもちゃ)で、屋敷内にもたくさん飾られている。先ほど遊んでいたシーラとエディも気に入っていた。

「……二人とも可愛いお子さんでした。アリシアさんもすごくきれいな人で……旦那さんが亡くなって、ひとりで子育てを頑張っているんですね」

「そうだね、アリシアは私の中学から高校にかけての後輩なんだ。なんとか彼女の力になりたいと思っている。それに私はテオドルのことが心配だ」

「テオドルさん……？」

「ああ、彼は早くに母親を事故で亡くし、『イェリヴァーレの事件』で父親も失い、住んでいた家を叔母夫婦に奪われた。高校は卒業したが、就職先を紹介しても周囲と問題を起こして長く続かなかった。だから私の秘書として採用し、屋敷内で暮らしている。彼は人に合わせるのが苦手だが、仕事の覚えが早く、根は素直で優しいんだよ」

「……そうだったんですか」

今になってみれば、知里が屋敷に入るのを嫌がり、反抗的な態度を取っていたテオドルの気持ちが理解できる。彼にとって大切な安息の館を人間の知里に荒らされたくなかったのだろう。

スウェーデンでは英語が通じるので、翔吾と話す以外は全て英語になっていたが、少し勉強してきたスウェーデン語を思い出してみる。

「クライヴさん、ありがとうございます（タック・ソー・ミュッケ）」

驚いた様子でクライヴが知里を見つめ、紺碧の瞳を瞬かせた。

「いきなりどうした？」

「大切なことを僕に話してくれて、とてもうれしかったです」

人狼について全てを話してくれたクライヴの気持ちを考えると、感謝という言葉だけではとても足りない気がする。人間が出入りすることで『イェリヴァーレの事件』の悲劇のようになるのではと不安を抱いたはずだし、協会へ連絡するという選択肢もあったのに、クライヴは知里を信頼してくれたのだ。

(何も変わらない……クライヴさんはクライヴさんだ)

ぎゅっと膝の上の拳を握りしめ、そっと空を見上げると、抜けるような青空が広がっていた。庭園に視線を移すと、緑の木々と色鮮やかな花々がやわらかな光に包まれている。

人狼という存在に恐怖を抱く人間もいるかもしれないが、クライヴとはメールを交わした長い年月の思い出がある。四年前の悲壮な事件を聞いた今、秘密を守る大切さを痛感していた。

「……誰にも言いません。人狼のこと。もちろん翔吾さんにも……」

知里の言葉に、クライヴが真心を込めた、心からの笑みを浮かべた。

「エディのことがなくても、私は君には話そうと思っていた。昨夜、狼の姿で君の部屋を訪れた時も、気づかれてもいいと心の底で思っていた。君は他言しないと信用しているし、何より君は、私の――」

真っ直ぐに見つめられて、ドクンと鼓動が跳ね上がる。彼が何を言いたいのか伝わってきた。

「君は私の――唯一無二の運命の相手だから……」

想像した通りの言葉を囁かれて心臓が大きく波打ち、微笑を浮かべるクライヴが、十五年前の美少年の面影に重なった。

(クライヴさん……)

なつかしい屈託のない笑顔に、再会した時に感じた距離感が縮まっていく。やはり彼は変わっていなかった。

人狼の秘密を話してくれたクライヴからは、以前の張りつめたものがなくなり、やわらかで穏やかな空気をまとっていた。

「――まさか君から会いにきてくれるとは思っていなかったから、再会した時は信じられないほどうれしかったよ」

「よ、喜んでくれていたんですか？　僕はなんだか迷惑に思われているように感じてました」

回想しながら正直な感想をつぶやくと、クライヴが困ったように眉を下げ、小さく咳払いをした。

「連絡を途絶えさせたことに気まずさを感じていたからね。何より、過激派の行動が悪化している中で、君を巻き込みたくなかった」

イェリヴァーレの事件のことを思い出したのか、彼は切れ長の瞳をそっと眇めた。

「人狼が人間に射殺された事件は、昔の凄惨な待遇を思い出させ、我々人狼を震撼させた。事件の後、過激派の人数が増え、彼らは人間を抹殺してスウェーデンを人狼だけの国に作り変えるべく活動を活発化させている。無差別テロを繰り返したり、人間を襲ったりする彼らを人狼協会が制圧しようとしたが、過激派の首謀者の名前や構成員の人数はまだ不明のままだ。私は共存派のリーダーとして、また、人狼協会の役員として上層部と共に過激派を抑えてきた。彼らから何度も狙われたことがある。だから……」

ふいにどこからともなく風の騒めきが聞こえ、甘い香りが広がった。この匂いに包まれると安堵するようななつかしい気持ちになる。

「……クライヴさんが四年前、連絡を絶ったのは、僕の安全のためだったんですね？」

彼は黙って深く頷いた。

ずっと気になっていた理由は、クライヴの知里に対する気遣いだった。うれしさが胸の奥から湧き上がってくる。

「僕、何も知らなくて……」

「知里——まだ過激派のリーダーは捕まっていないが、何があっても君を守る。君のお父さんも探し出す。だから安心してくれ」

一気に話したクライヴは息をつき、そっと指先で知里の頬に触れた。彼の指の冷たさにぴくりと小さく肩が揺れる。

「いろいろ衝撃的だったろう？　今日はもう、部屋でゆっくり休んで」

そう言うと、穏やかな笑みを浮かべて知里を見つめた。知里は頷いて立ち上がる。

知里を信じて話してくれたクライヴの気持ちを思い、ふわりと高揚感に包まれながら部屋に戻った。

7

人狼の秘密をクライヴから聞いた夜、知里は英一郎の夢を見た。

憔悴しきった顔の英一郎は鎖につながれ、じっと何かを待っている。

「父さん……辛い思いをしているの？　どこにいるの……、父さん……」

自分の声にハッとして目が覚めた。すぐに起き上がって携帯電話を確認するが、やはり英一郎からの連絡はない。

クライヴの屋敷にいる間も、何度も英一郎の携帯に電話をかけてみたがつながらず、メールを送っても返事がない。大使館や警察署からの連絡もなく、依然として英一郎の行方はわからないままだ。

「父さん……」

深く嘆息し、着替えて食堂に入ると、すでにクライヴとライネとテオドルが朝食を食べ始めていた。

いつもより微妙に空気が緊迫している気がして、挨拶の後、クライヴの隣へおずおずと座る。

クライヴが優しく微笑みかけ、厨房のコックに知里の分を用意するように声をかけてくれた。

テオドルが知里の方をちらちらと見ながら何度もため息をつき、それを見たライネが苦笑する。

「そんな顔をするなよ、テオドル。ほら、今朝のメニューは君の好きなレバーパテサンドイッチだ。俺の分もあげるからさ」

ライネがサンドイッチの載った皿を、テオドルの前に置いた。

「……いいよ、いらない……」

「そうかい？　んー、テオドルがこれを欲しがらないなんて」

肩を竦めたライネが視線を向けると、クライヴは小さく頷いて、テオドルに何か言おうとする。しかし、テオドルの方が早く口を開いた。

「——ねえ、クライヴ様、本当にこのチビに話しちゃったんですか？」

眉を吊り上げて尋ねるテオドルに、クライヴが苦笑しながら「ああ、話したよ」と答えると、一瞬怯えたようにテオドルがまつ毛を震わせ、眉間に縦皺を刻んで知里を睨んだ。

「おいチビ！　わかっているとは思うけど、絶対に他の人間に話すなよ！」

「もちろん、話しません」

即答した知里に、テオドルが「本当だな？」と重ねて尋ねる。

「はい、誰にも言いません。約束します」

信念を持って宣言すると、テオドルは唇を引き結んで黙り、ライネが話に入ってきた。

「まあまあ、不安になるテオドルの気持ちはわかるけど、落ち着いて。ね？　知里くんは俺達のことを聞いてどう思った？　人狼が怖くないかい？」

軽い口調でライネから問われて驚いたが、はっきりと首を横に振る。

「怖いなんて……。正直に言うと驚きました。でもライネさんはライネさんだし、テオドルさんもクライヴさんも……だから今までと変わりません」

本心からそう思っている気持ちが伝わったのか、ライネは黙ったままうれしそうに微笑んだ。

テオドルはようやく強張らせていた表情を緩め、「ごちそうさま」と席を立った。

テオドルが食堂を出て行くと電子音が響き、クライヴの携帯電話が着信を告げた。

「はい――。え？　いいえ……ええ、わかりました」

通話が終わると、クライヴは眉根を寄せ、テレビのスイッチを入れた。大型テレビの画面いっぱいに、キルナ空港が映る。

白い煙が上がっており、『キルナ空港で白煙』とテロップが流れ、「昨夜、キルナ空港のロビーにて、乗客が忘れた荷物から白煙が上がり、一時騒然となりました。怪我人はいませんでしたが、荷物の中から不審な薬品が多数見つかっており、警察で調査を進めています」とニュースキャスターが告げている。

ライネが目を丸くした。

「クライヴ、これは――まさか過激派が？」

眉をひそめたクライヴがかすかに首を横に振る。

「人狼協会からの連絡では、過激派とは関係なく、人間による事件の可能性が高いらしい」

「そっか、だよな。今まで過激派の奴らが仕掛けてきたのは、ストックホルム・セントラル駅や人が多い場所での爆発騒ぎだった。キルナなんて田舎は過激派と関係がないだろうね。でもクライヴ、もしかしたらってことも……」

「ああ、人狼協会から早速、調査員がキルナ入りして調べているよ。もし過激派なら――」

クライヴとライネは少しの間、黙って何か考えている。

「あの、僕は行ったことがないんですが、キルナってスウェーデン最北の都市ですよね。オーロラで有名な……」

オーロラという言葉に何かを思い出しかけ、口をつぐむ。知里の言葉を拾うようにライネが頷いた。

「そうそう、キルナは先住民のサーミ人がトナカイの放牧をしながら生活していたエリアで、冬はオーロラを見ることができる。俺が出している写真集『ラップランド地方の美空より』にもたくさん写真が載っているよ」

「とてもきれいな写真でした。そのキルナ空港で爆発騒ぎが……」

ふいに頭の中で英一郎の言葉がよみがえる。

『……スウェーデンに行ったら、オーロラが見たいなぁ……』

「そうだ、父さんが……あっ」

思わず立ち上がってしまい、コーヒーカップをひっくり返して、指先にかかってしまった。

「熱っ」

「知里、大丈夫か？」

クライヴが知里の手を取った。心配そうな彼の瞳に、あわてて首を横に振る。

「少し指にかかっただけです。焦ってしまってすみません」

落ち着こうと心の中で繰り返しながらテーブルの上を拭いていると、クライヴが静かに知里の両肩に手を置いた。

「早めに冷やした方がいい。知里、何か気になっていることがあるのか？」

「は、はい……父のことが心配で……鎖でつながれている夢を見たんです」

ライネが長嘆し、訊いてきた。

「そっか、夢で――それで、お父さんについて警察や大使館から連絡は？」

「何もないんです……でも、思い出したことがひとつあります。父はずいぶん前に、スウェーデンに行ったらオーロラが見たいと言っていました」

夏にオーロラを見るのは難しいが、英一郎は知らずに北極圏内に向かったかもしれない。そう思うと鼓動が音を立てて速まっていく。

「知里、英一郎氏のＵＳＢのデータを分析して、新たにわかったことがある。これを見てくれ――」

クライヴはノートパソコンを立ち上げ、英一郎のＵＳＢのデータを開くと、膨大な数字と計算式をまとめたページを開いた。そこに学術雑誌の論文が併記されている。

「これは、父さんの論文……？」

「そう、英一郎氏がファーストオーサーの論文だ。これらを解析してＵＳＢの内容をまとめた。この研究は……」

クライヴが呻くようにつぶやいて言葉を切ると、ライネがクライヴの背後から画面を見つめ、眉根を寄せた。

「これって――」

二人で顔を見合わせ、クライヴがいくぶん固い表情で知里へ向き直った。

「英一郎氏は鎮痛剤のような、痛みをやわらげる薬の開発を専門的に行っている。実際このＵＳＢのデータは、実験マウスを使用し、痛覚への刺激と、それが与える影響の大きさ、死亡に至るまでの詳細なデータが取られている」

真剣な表情のクライヴを見つめ、知里は首肯する。

「は、はい。父は毎日遅くまで実験をしていると……」

「何度も実験を繰り返すうちに、同じ刺激を与えても痛みを感じない部位や特別に強く痛みを感じる部位があることをＵＳＢに入っていたデータが示唆している。つまり……英一郎氏の研究成果は、海外でも類を見ない貴重なもので、このデータから逆に、痛みを増す薬品を作ることが可能かもしれないんだ」

知里は驚いた。

（痛みを取り除くための薬に、真逆の効果があるなんて。でも……）

父は決して、人体に害を及ぼすような薬を作ろうなどとは考えていなかった。痛みを取り除く新薬を開発する仕事を誇りにしていたのだ。

気持ちを汲んだように、クライヴがそっと知里の肩に手を置いた。

「わかっているよ。英一郎氏は鎮痛剤の新薬を開発しようとしていた。しかし、毒と薬は紙一重だ。だからパスワードをかけ、厳重に管理していたんだろうね。以前私が、スウェーデン国内で行方不明者が増加していると言ったことを覚えている？」

「はい、覚えています」

そして父も今、行方不明だ。

「もしかしたら、行方不明者の件に過激派が関係しているかもしれないんだよ」

「え――？」

人狼の中でも人間に反発し、人を排除してスウェーデンを人狼だけの国にしようとしているのが過激派だと、クライヴが教えてくれた。そんな危険な組織に狙われたら、父はどうなるのだろう。

ごくりと唾を呑み込み、ぎゅっと目を閉じた。夢で見た英一郎の姿が現実かもしれないと思うと恐怖で体が震え、足元が崩れていく気がする。

「と、父さんが……」

「知里、まだ英一郎氏が過激派に捕らわれているとは限らないんだよ。もしかすると、危険を感じて身を隠しているのかもしれないし、無関係かもしれない。だからそんな顔をしないでくれ」

ノートパソコンを閉じ、クライヴが青ざめた知里の手を優しく引き、食堂から庭園へと連れ出した。

後ろから黙ってライネがついてくる。小さく風が吹き抜け、薔薇園の前まで歩くとクライヴが足を止めて知里の顔を覗き込んだ。

「今、人狼協会が過激派の動きを調べているところだよ。それに、行方不明者の捜索は警察も懸命に行っているから……元気を出してくれ」

「は、はい……」

クライヴの言う通り、強い不安を抱いたり落ち込んだりしていても英一郎が見つかるわけではない。

(そうだ、しっかりしないと)

知里はクライヴを見上げた。

「クライヴさん、昨夜のキルナ空港の白煙事件は、過激派の仕業かもしれないんですよね」

「過激派にしては稚拙なテロだったたし、協会側は今回の事件は人間の犯行ではないかと見ている」

「……クライヴさんはどう思いますか？　僕、なんだか胸騒ぎがするんです」

ニュースを見た時から、ぞわぞわとした嫌な予感がしていた。

「確かに、何か目を引くための偽装事件のような感じがしている。午後の便でキルナ空港へ向かい、調べてくるから、君はテオドルと屋敷で……」

「僕も行きたいです。キルナへ」

「知里──」

　クライヴが深いため息をつき、低い声で言った。

「危険だ。過激派は人間を敵だとみなし、殺害しようと画策しているグループなんだ。もし本当に過激派が関わっているのなら──」

「お願いです。クライヴさんや協会のみなさんの邪魔にならないように気をつけますから……」

　英一郎は確かにオーロラが見たいと言ったのだ。今回の事件と何か関係している気がしてならない。

　知里の気持ちが伝わったのか、クライヴが「わかった」と頷いた。

「一緒に午後の便でキルナへ行こう。実は別荘があるんだ。ライネ、君はどうする？」

　背後に立っているライネを振り返り、クライヴが声をかけた。

「俺も行くよ。知里くんのお父さんのことが心配だし、キルナ空港の事件も気になっている。屋敷はテオドルに残ってもらえば大丈夫だろうしね。知里くん、お父さんのＵＳＢはどうする？」

　ライネに訊かれて、ポケットからＵＳＢを取り出した。持って行った方がいいのだろうかと迷っていると、クライヴが提案した。

「内容は私の頭の中に入っている。そのＵＳＢは庭園のグラジオラスの花壇にでも埋めておいて、ダミーを持ち歩いた方がいいと思う」

　危険な内容だとわかった今、持ち歩かない方がいいと思い、知里は頷いた。

「はい、そうします」

　すぐに小箱にＵＳＢを入れて花壇に埋め、クライヴが用意してくれたダミーのＵＳＢをバッグに入れておく。午後のフライトに向けて荷物の準備を済ませ、クライヴがテオドルにキルナ空港の事件を説明し、三人で出かけることを話した。

「なんでお前が、クライヴ様やライネと一緒にキルナへ行くんだよっ、ただの人間のくせにっ」

テオドルが不機嫌そうに知里を睨みつけた。自分だけ残されるのが嫌なのだろう。

「こんなチビよりボクの方が役に立つのに……。は、お父さん？　北欧を旅行しているんだろ？　スウェーデンにはもういないんじゃないのかよ！」

「テオドル、知里にもう少し優しく言ってくれ」

クライヴの懇願に、テオドルが眉間に深く皺を寄せた。

「で、でも、クライヴ様……キルナ空港で白煙騒ぎがあったばかりなのに、こんなチビを連れて行って足手まといになったら……」

「――テオドルには私が留守の間、仕事の調整や問合せの対応などを頼みたい。君は優秀な秘書だから安心して任せられるよ」

クライヴに褒められ、テオドルはようやく機嫌を直した。

「わかりました、クライヴ様っ。屋敷内のこと、お仕事のこと、全部ボクにお任せくださいっ」

玄関まで見送りに出たテオドルが「行ってらっしゃい」と手を振り、ドスの効いた声で知里に言う。

「いいか、クライヴ様に迷惑をかけるなよ！　ついでにライネにもな！」

「はい、クライヴさんにもライネさんにも、迷惑をかけないように気をつけます」

知里は渋面のテオドルにそう約束し、クライヴとライネと共に三人で、ストックホルム・アーランダ空港からキルナ空港行きの飛行機に搭乗した。

一時間半ほどのフライトで飛行機はキルナ上空に到着し、透き通った川と湖、青々とした森、自然豊かな素晴らしい景色が広がっているのが見えた。

「……きれいな街ですね」

窓から見える景色に感嘆する知里の隣で、ライネが快活に説明してくれる。

「キルナは鉄鉱石で発展した街なのさ。オーロラが見られる他にも、雄大な自然の景観と、鉄鉱石を産出する鉱山の街として知られているんだよ」

三人はキルナ空港へ降り立ち、空港施設まで歩いて向かう。レストランや土産店があり、まだところどころに警察官らしき姿があるが、待合席で待っている家族連れなど一般の利用者が目についた。

ライネが小声で尋ねた。

「白煙騒ぎは落ち着いているようだね。どうだい、クライヴ、人狼はいる？」

クライヴは荷物受け取りのターンテーブルを抜けたところで足を止めると、すっと出口付近を視線で示した。スウェーデン人だろうか、男性が四人ほど立って、何やら話し込んでいる。

「あそこにいる四人は人狼だ。協会から派遣された調査員のようだ」

「匂いで、わかるんですか？」

「そうなんだよ。クライヴのような高位種（エリート）は嗅覚が鋭いから、人狼か人間か匂いですぐにわかるんだ。混血種（ノーマル）の俺は人間よりは鼻が利くが、全然敵わないよ」

「――ライネ、会長が来たよ」

短くクライヴが言った。タクシーが停まるのが見え、降りてきた白髪の七十代くらいの男性が、出口にいる男達の方へと歩み寄っている。その老人を見た男達が一斉に頭を下げた。

「会長さんって……？」

クライヴが知里の方を向き、小声で説明する。

「人狼協会のトップだよ。だが……彼の息子のザクリス氏が、四年前の事件で犠牲になってしまったんだ」

「あ……あのイェリヴァーレの事件ですか……？」

こくりと喉を鳴らした知里を見つめ、ライネが言葉を続ける。

「会長は高位種（エリート）で、共存派のリーダーだったんだ。その後を高位種（エリート）だった息子のザクリスさんが継いで……ザクリスさんが亡くなってからはクライヴが新たにリーダーとなったんだ」

突然、白髪の会長が射抜くような鋭い目でこちらを見た。他の男達もクライヴに気づき、次々と会釈をする。

会長がゆっくりとクライヴの方へ歩み寄ってきた。

「クライヴくん、わざわざキルナまで視察に来てくれたのか。迅速に行動してくれてありがとう。君がザクリスの後を継いで共存派をまとめてくれて、本当に助かっているよ」

会長は目尻に皺を寄せて、クライヴを見上げ微笑んだ。そしてライネへ視線を向ける。

「混血種（ノーマル）のライネ・キュレネンくんはカリスマ的人気のカメラマンとして有名らしいね。今後も君の活躍に期待しているよ。それから、そちらの君は人間のようだが――？」

会長が目を細め、知里を見やる。やはり高位種（エリート）の会長は知里が人間であることにすぐに気づいていた。会長が一歩近づくと、咄嗟にクライヴが知里をかばうように低い声を出した。

「――会長、彼は」

「わかっているよ。わたしはこう見えても共存派の元リーダーだった男だ。四年前の事件で息子を失ったからといって、反人間社会的な思考を抱くようでは、過激派と変わらない。わたしは人間との共存をこれからも支援していく。ただ……」

会長は知里を真っ直ぐに見つめた。

「どうやら君は我々の事情を知っているようだ。しかし、我々のことは一切他言せぬように頼みます」

その瞳は宝石のように厳かな光をたたえている。息子を失い、それでも人間と共存しようとしている彼の深い人狼への想いを汲み取った。

「……はい。わかっています。絶対に言いません……」

緊張しながらも、きちんと答えることができた。会長が笑顔で頷き、クライヴへ顔を向ける。

「クライヴくん、早速だが、白煙事件について君の意見を聞きたい。いいかね？」

「ええ、ぜひ――」

クライヴは鍵を上着のポケットから取り出し、ライネに手渡した。

「ライネ、別荘と車の鍵を渡しておく。知里と一緒に英一郎氏を探してほしい。過激派がいる可能性があるから、くれぐれも知里のことを頼むよ」

「了解、任せてくれ。クライヴも無理をするなよ」

「ああ、それじゃあ知里、後で会おう」

クライヴはすっと踵を返して、会長と一緒に協会から来た調査員達の元へ歩いて行く。

「さあて、俺達は知里くんのお父さんを探しに行こう」

「お願いします、ライネさん」

ライネと一緒にキルナ空港を出る時、知里はちらりと、人狼の仲間達から熱心に話を聞いているクライヴの横顔を見た。青い目を輝かせ、真摯に頷いている彼を見ていると、どれだけ心を砕いているのかがわかり、人狼達の絆の深さが感じられた。

(僕には入れない、人狼の世界……)

「知里くん、どうしたの、こっちだよ」

ライネの声にハッと我に返り、「すみません」と言って、あわてて後を追う。

クライヴの別荘はロッジ風で、手入れが行き届き、全ての部屋に備え付けられている大きな暖炉が印象的だった。窓から外を見ると、青い空とキルナの深い緑が地平線いっぱいに広がっているのが見える。

「素敵なロッジですね」

「そうだね。いつもクライヴは冬に来ているんだよ。極夜だけどね」

「極夜って何ですか？」

リビングにあるソファに並んで腰かけると、ライネが温和な笑みを浮かべ、説明してくれる。

「太陽が沈んだ状態が続くことさ。日中も薄暗いんだ。逆にキルナの夏は白夜になる。先月までキルナはそうだった。夏場は十六度くらいまで気温が上がるけど、冬は酷寒でソリで移動するんだよ。ほら、これがこの周辺の地図だ」

知里はライネが広げた地図を食い入るように見つめる。

「知里くん、お父さんはオーロラを見たいと言ったんだね？」

「はい、そうです」

「うーん、日照時間が長いこの時期は難しいけれど、白夜も終わったし見られるかもしれない。とにかく、お父さんがキルナに滞在しているかどうか、ホテルやスーパーを回って探してみよう。別荘にはクライヴが車を置いてくれているんだ」

ライネの運転で、キルナ市内のホテルとスーパーを回ったが、英一郎の姿はなく、日本人さえいなかった。店員などに尋ねてもそれらしき人物は見た覚えはないと言う。

他にも、観光地になっているキルナ鉱山やキルナ市庁舎を巡ったが、何も摑めない。

途中でクライヴからライネの携帯に電話があり、白煙騒ぎの調査が終了したので、別荘で落ち合うことになった。

ロッジへ戻り、簡単な夕食をライネと取っていると、クライヴが帰ってきた。彼は知里とライネを見て、心配そうに尋ねた。

「どうだった？　手がかりは何か見つかった？」

「いいえ……」

「そうか——、知里、英一郎氏のことが心配だね」

知里を気遣うように、クライヴがそばに来て優しく肩に手を置いてくれた。

「クライヴの方はどうだい？」

ライネに訊かれ、クライヴが険しい顔になった。

「キルナ空港の騒ぎは、薬品の調合による白煙が主で、実被害はなかったそうだ。それに夕方には、人間の中年男性が失業した腹いせに白煙騒ぎを起こしたと警察に自首してきた。会長たちも過激派とは無関係だと判断して、少し前にストックホルムへ引き揚げたよ」

「そうか、よかったよ」

ライネはほっと息をつくが、クライヴは口元を引き締めたままだ。

「少し気になることはあるが……、今回、過激派は関与していないという結論でいいと思う。しかし最近、北欧中で妙な行方不明騒ぎが多発しているし、英一郎氏の行方がわからないままなのが気になる。知里、不安だと思うが……協会側にも何かわかったら知らせてくれるよう頼んでおいた。前向きに考えよう」

「はい……」

英一郎だけでなく、他にも行方不明者がいる。どの家族もみんな心配しているだろう。一体何が起きているのだろうか。

「知里くん、疲れたようだね。少し休むといいよ」

ライネの提案に、クライヴが頷く。

「そうだね、知里、顔色が悪い……。角の部屋を自由に使って。シャワールームは左手の部屋だ。先に休むといい」

「それじゃあ、お言葉に甘えて、少し横になります」

英一郎を探してキルナ中を回ったので、足が棒のように固くなっている。それに期待が大きかっただけに、何もわからなかったことで悄然と気落ちしていた。

シャワーを浴びてパジャマに着替えた後、指定された部屋へ向かう前に、二人にお休みの挨拶をしようと思って引き返す。

リビングの開いた扉から、クライヴとライネが真剣な表情で何か話し込んでいるのが見え、声をかけるのが躊躇われた。

「――とにかく、いくらリーダーだからって、クライヴは無理しすぎだよ」

「わかっている。だが過激派を止めるために、一刻も早く首謀者を見つけないと、さらに人間に被害が及ぶ可能性があるんだ」

「それはそうだけど……俺が言いたいのは少し休憩してくれってことさ。クライヴは昔からすぐに無茶をして……俺は親友として、君の体が心配だよ」

囁きながら、ライネが労るようにクライヴの腕を撫でた。

「君が倒れたら、それこそ人狼界が大事(おおごと)になる。ザクリスさんの時のように――」

「彼はハンターに撃たれた。私の過労とは話が違うよ。君は昔から心配性だ」

「親友に遠慮するなって言ってるんだよ。いいか、ちゃんと休め。それから何かあればどんなことでも俺に言ってくれ。何があっても俺はクライヴの味方だから」

「ライネ、ありがとう――」

小さく微笑むクライヴの背中をライネが優しくさすっている。

「……」

クライヴは自分が疲れているのに、知里の心配をしてくれていた。

（ライネさんはクライヴさんの疲労に気づいたのに……）

リビングへ入ることができず、そのまま踵を返して角の部屋に入り、ドアを閉めた。

ベッドと小さなテーブルが置かれた部屋で、ひとり項垂れた知里の耳に、テオドルの「クライヴ様の足手まといになるなよ！」と叫ぶ声がよみがえった。

先ほどの二人の様子を見て、人間の自分には踏み込めない人狼の固い絆を目の当たりにし、英一郎のことで心配や迷惑をかけているだけの自分に歯噛みする。

（クライヴさんは共存派のリーダーで責任も大きいだろう。ライネさんはそんな彼を支えている……。僕も多忙なクライヴさんの役に立ちたい……）

自分にできることはないだろうかと考えていると、部屋のドアをノックする音がしてハッとした。

「入るよ」と声がして、ライネが顔を出した。

「知里くん、寝ていた？　ごめんね、俺はこれから撮影に行ってくるよ」

「さ、撮影ですか？　でも」

もう外は暗くなっているのにと思っていると、ライネが苦笑した。

「知り合いの自動車ディーラーがキルナ市内にいて、昼間に俺を見かけたらしくて、連絡が入ったんだ。店の宣伝に使う写真を撮ってほしいって。撮影は明日の朝からする予定だけど、今夜は久しぶりに飲もうってことになった。戻ってくるのは明日の午後になると思う。過激派は無関係だったし、クライヴがいるから大丈夫だね？」

「はい、大丈夫です。あっ、ライネさん、カメラは？」

確か着替えなどの簡単な荷物しか持ってきていなかったように思って訊くと、彼は古い一眼レフを見せてくれた。

「このロッジにカメラを置いているんだ。これを使うよ」

明るく笑うライネの笑顔に、思い切って尋ねてみる。

「あの、ライネさん、少しいいですか……教えてほしいことがあります」

った。

「クライヴさんはとても疲れているようで……その、僕に何かできることはないでしょうか」

人間の自分ではできることは限られているが、多忙で疲労している彼の力に少しでもなりたいと思った。

「そんなこと、知里くんは考えなくていいんだよ」

「でも……」

「知里くん？」

知里は服の上から胸の辺りを押さえ、食い入るようにライネを見つめて言葉を紡ぐ。

「僕は……ライネさんのようにクライヴさんを支えたくて……でも力がなくて……ライネさんとクライヴさんは親友で……同じ人狼で……深い絆があって……人間の僕じゃ何の役にも立てなくて……」

言葉にした途端、自分の胸にある疎外感を改めて知り、うつむいた。

「――知里くんはクライヴのことが本当に好きなんだね」

「え……っ？」

知里は弾かれたように顔を上げる。じわじわと頬に血が集まってきた。

「ふふっ、そろそろ気づく頃だと思っていたけど、鈍感にも程があるよ。まったく」

ライネの緑色の瞳が光を帯び、真っ直ぐに知里を見つめている。

（好き……？　クライヴさんのことを？）

知里は戸惑うようにライネの顔を見つめ返した。脳裏に浮かんだのは、クライヴからもらった宝石のように大切なメールの文面。金色の毛をしたゴールド。そして再会してからの様々な思い出。それらがゆっくりと波のように押し寄せ、知里を満たしていく。

「……ぼ、僕は……」

自分の気持ちを知るのを怖いと感じるのは初めてだ。知里のかすれた声が途切れ、手に汗が滲む。

「クライヴのことが特別に好きなんだろう？　違うのかい？」

重ねて問うライネの声に、狼狽えていた脆弱な心が震え出し、泣いてしまいそうになった。

(だって、クライヴさんは同性で、人狼で、立場がまったく違う)

ふいに、ライネに腕を摑まれた。切れ長のグリーンアイが凄みを増している。

知里は自分の気持ちを直視できずに逃げていたことに気づいた。

再会して距離を感じていた時、車で送ってくれた時、心配して叱られた時、優しく励ましてくれた時……それらの思い出が泡のように胸の中に浮かび、つながり合ってひとつにまとまっていく。

心の中で何かがすとんと音を立てて落ち、クライヴへの気持ちが水面から浮かび上がる。

(クライヴさんのことが好きだから、嫌われたくないし、役に立ちたいと思うんだ。……クライヴさんが僕なんかを本気で相手にしてくれるはずがないとわかっていても……それでも僕は……)

知里の瞳が大きく揺れ、頰が燃えるように熱くなる。目を潤ませた知里を見て、ライネが嘆息した。

「それじゃあ、そろそろ俺は出かけるね」

簡単な荷物を持って玄関へ行くライネの後をあわてて追いかけ、リビングから出てきたクライヴがライネを見送るため、一緒に玄関に出る。

(クライヴさん……)

自分の想いを自覚したことで、彼がそばにいるだけで体の芯が疼いてしまう。隣に立っているだけで動悸(どうき)が聞こえるのではないかと不安になるほど心臓が高鳴り、知里はクライヴの横顔をそっと見つめた。

「知里、どうした？　疲れたのか？」

挙動不審になりがちな知里に、クライヴが心配そうに目を瞬いた。

「あ……いいえ……」

あわてて知里が首を振ると、ほっとしたようにクライヴが頷き、玄関ドアに背を預け、何か言いたそうにこちらを見ているライネに声をかける。

「ライネ、気をつけて。あまり飲みすぎるなよ」

「わかっているよ、クライヴ――」

ライネは荷物を置いたまま動こうとしない。

「ライネ？」

じっと考え込んでいるライネに、クライヴが首を捻った。

「ライネさん、何か忘れ物でも……」

知里が一歩近づいた瞬間、優しく腕を摑まれた。蠱惑(こわく)的な微笑を浮かべたライネに引き寄せられて、さするように頬を撫でられ、ビクリと知里の体が強張る。

「やっぱり、知里くんは可愛いなぁ。実は俺、初めて会った時から知里くんのことが可愛くて仕方ないと思っていたんだ」

「ラ、ライネさん？　あの、手を放してください……」

逃れようとすると、逆にぐいと引っ張られ、よろけるようにライネの腕の中へと倒れ込む。両腕で掻き抱くように抱きしめられて知里は息を呑んだ。

「ふ、ふざけないで、ライネさん……」

「俺は本気だよ。好きなんだ、知里くんのことが」

いつになく真剣なライネの声が響き、玄関の空気が驚きに包まれた。

「ライネ、何を――」

クライヴが知里を引き離そうとすると、ライネが険しい顔でその手を振り払う。

「邪魔をするな、クライヴ。いくら親友でも許さない！」

緑色の目が鋭く光り、クライヴを睨みつけている。知里はクライヴに対してこんな敵意を向けるライネを初めて見た。

「ラ、ライネさん、あの……どうして……」

「やっぱり知里くんは俺がもらう。遠慮なんかしない。好きだよ、知里くん」

気づいたら壁際に追い詰められ、逃げられない。ライネの妖艶な緑色の瞳が輝き、甘い声音で告白され、知里は動揺する。

「えっ、あ……？」

顔を近づけられ、知里は一瞬、頭の中が真っ白になった。

「や、やめてください……っ」

近すぎるライネの顔を直視できず、ぎゅっと目を閉じると、額にライネの唇が押し当てられた。刹那、クライヴの咆哮が響く。

「知里がやめろと言ってるのが聞こえないのか！　ライネ、知里は渡さない！　彼は私のつがいだ！」

ライネの手をクライヴが鞭のような勢いで振り払った。

遠ざけるように背中に知里を隠して対峙するクライヴに、ライネが「つがい？」とつぶやいた。

「やっぱり知里くんはクライヴのつがいだったのか――」

「つ、つがいって……？」

意味がわからずきょとんとしていると、ライネが軽く肩を竦めた。

「そうか、知らないのか。クライヴ、ちゃんと知里くんにつがいの意味を教えてあげないとね」

唇に意地悪そうな笑みを浮かべ、いつもの飄々とした態度で笑うライネを一瞥し、クライヴが低く吐き出した。

「ライネ――わざと焚きつけたのか？」

「小さな頃からの付き合いだ。君の心の中なんてお見通しだよ。親友の俺に知里くんとメールしていたことをずっと隠していたお返しだ。それじゃあクライヴ、知里くん、行ってくる。明日の午後まで戻らないからね」

満面の笑みを浮かべたライネが今度こそ荷物を手に颯爽とロッジを出て行った。

パタンと音を立てて扉が閉まると、クライヴが嘆息してゆっくりと知里を見た。珍しく端整なクライヴの白皙に朱色が散っている。つがいという言葉の影響だろうか。一体どういう意味なのだろうと思い、知里はおずおずと重ねて尋ねる。

「あ、あの……クライヴさん、つがいって……？」

「――ああ、説明するよ。知里、こっちへ来て」

リビングへ入りソファに向かい合って座ると、クライヴがホットコーヒーを淹れてくれた。彼は長い指でマグカップを弄りながら視線を泳がせていたが、じきに知里を真っ直ぐに見つめた。

「知里——」

クライヴに見据えられると、面映ゆさにぞくぞくと電流のようなものが全身を駆け抜ける。そっとまつ毛を伏せると、穏やかな声が耳朶を打った。彼の声は知里を切なくさせる。

「……本当は十五年前に、私が人狼だと話したかった。でも君はまだ六歳だったから、何かの拍子に家族や友達に話してしまう可能性が大きくて言えなかった。——知里、私は君に出会ってすぐに君がつがいだと気づいた。言葉で説明するのは難しいが……君のフェロモンが私と同調している。だから君から甘い香りがしているんだ」

ハッと知里は顔を上げた。

「匂いなら、僕も感じています。クライヴさんからプリンのような甘い匂いが」

彼は一瞬驚いたように目を見開き、思わずという感じで端整な表情をほころばせた。

「私からプリンの匂いがしているのか。そうだった、君は私から、プリンみたいな甘くていい匂いがすると言ってくれたね。でも匂いだけじゃないよ。精神面でも君と接しているうちに強く惹かれたんだ。理屈ではなく感覚で理解できた」

彼の言葉に心臓を打ち鳴らしつつ、まだつがいの意味が理解できない知里は小首を傾げた。

「それじゃあ、つがいというのは……？」

深く頷いて、クライヴが答える。

「わかりやすく言うと、人狼の世界で生涯をかけて愛するパートナーのことをつがいと言う。全ての人狼がつがいを見つけられるわけじゃなく、大抵は好きになった相手と結婚している。本当のつがいに巡り合えるのは少数なんだ」

　知里は目を瞠って息を呑んだ。

「僕がクライヴさんのパートナー？　えっと、つがい？　でも、あの……僕は……お、男です。それに人狼じゃなくて人間で……」

「人狼と人間というつがいもいるよ。もちろん他の人間には……例え親兄弟でも、人狼について話してはいけないという制約があるけれど。それにこの国は同性婚が認められているから、男同士という点はまったく問題ない。君は私がパートナーでは不満がある？」

　クライヴの青色の瞳が揺れているのを見て、知里は強く首を左右に振った。

「いいえ、そんな、クライヴさんに不満なんて、まさか……。あの、クライヴさんの方が……」

「私が？」

「十五年経って、再会したのが僕で……、その……」

　知里が言いたいことを読み取ったクライヴが、心配するなというように優しく微笑んだ。

「昔も今も、知里は私の大切な人だ。私は知里がつがいだったことを悔やんだことは一度もないよ」

　きっぱりと言われ、うれしさと信じられない気持ちで胸が震えた。

　人狼と人間という種族の違いを置いても、クライヴは旧貴族家の出身で、驚くほどの美貌の持ち主で著名な投資家だ。一方の知里は普通の大学生で、何もかもが違いすぎると思うのに、彼はこんな平凡な知里がつがいでも後悔していないと言ってくれている。

「あの……それって、クライヴさんは僕のことを……」

　羞恥でクライヴの顔を見上げることができず、彼の胸元に視線を置いたまま小声で囁くように尋ねると、彼が誠実な声で告げた。

「ああ、そうだよ。私は君を愛している。ずっと君のことを想い続けてきたし、この気持ちは死ぬまで変わらないとわかるんだ」

「……っ……」

呼吸が止まり、心臓が壊れそうなほど大きく収縮する。彼の言葉がもったいなさすぎて、にわかに信じられず、夢を見ているようだ。

「あ、あの、本当ですか……？」

震える声で問うと、クライヴの手が伸びて、朱色に染まった頬を優しく両手で包み込まれた。

「本当だよ、知里」

「……クライヴさん……」

「君を心から愛している。君は傷を負った狼の私を優しく励ましてくれた。素直で明るい君に惹かれながら、君こそ私の運命の相手だと確信した。だからこそ四年前に距離を置こうと決意したんだ」

イェリヴァーレの事件のことを思い出したのか、クライヴが深い海のような青い双眸をそっと眇めた。

知里は顔を真っ赤にしたまま、ぎゅっと唇を嚙みしめる。

「でも、ライネさんの方が……」

「ライネがどうかした？」

優しい口調で問われた瞬間、じわりと涙が浮かんでしまう。あわてて背を向けようとしたが、すぐに肩を摑まれ、吸い込まれそうな青色の瞳に見つめられる。

「ク、クライヴさんのパートナーには、ライネさんのような人が相応しいと思ったんです。二人には人狼同士の深い絆がありますし、人間の僕じゃ何の役にも立てません」

「――それは違う」

突然クライヴに腰を引き寄せられ、逞しい胸の中に閉じ込められる。

「……私が必要とし、愛しているのは君ひとりだよ。知里――君が人間でも人狼でも、そんなことは小さなことなんだ」

「クライヴさん……」

「私にとってライネは親友だ。大切だが恋愛の対象ではない。知里は私のことをどう想っている？」

真摯な眼差しで見つめられ、動悸がして胸が苦しくなる。それでも彼に気持ちを伝えたくて、うるさいほど高鳴っている心臓に服の上からそっと手を添え、口を開く。

「好きです。僕……メールを交換していた時から、優しいクライヴさんのことを信頼していました。再会してから、どんどん惹かれていって……」

「知里――」

安堵と歓喜の混じった息をついたクライヴに優しく頭を抱き寄せられ、こめかみに唇を押し当てられたまま、しばらく身動きできずにいた。

甘くて心が安らぐいい香りが二人を包み込み、こつんと額が合わさった。

「正直に言うと、君がライネに惹かれているのではと不安だった。よかった。本当にうれしいよ」

「クライヴさん……」

額と額を擦り合わせるようにされ、前髪が絡み合う。

「君は間違いなく私の運命の相手……つがいだよ」

囁きながら、彼が頬に優しく触れてくる。

「クライヴさんは、……相手が普通の人間で、本当にいいんですか？」

彼にはもっと他に相応しい人狼の相手がいるように思えて仕方がない。

小さく微笑んだ彼が、長い指先で知里の頬から耳朶、そして首筋へと手を滑らせた。

「……私には君だけだよ。初めて会った時からずっと君を好きだった」

切実な言葉に苦しいほど胸が上下する。知里は気持ちが昂るまま告げた。

「僕もクライヴさんのことが、本当に好きです」

「――もう一度言ってくれ」

請われて首まで真っ赤になりながら、目を潤ませて彼のために気持ちを吐露する。

「好きです。クライヴさんを愛しています。……僕、男の人にこんな気持ちになるなんて、思ってもいませんでした」

「知里――」

目と目が合った瞬間、クライヴがハッと小さく息を呑んで手を下ろした。

「クライヴさん？」

「――ごめん、知里」

謝罪したクライヴが視線を逸らせ、深く息を吸う。

「――今はまだ過激派の行動を鎮圧できていない。君に危険が及ぶかもしれないんだ」

自分の身を案じてくれる言葉に、知里は気持ちを落ち着けながら、彼を見つめてはっきり告げる。

「それでも僕はクライヴさんのそばにいたいんです……。お願いです。足手まといにならないようにします。できれば少しでも役に立ちたい……。僕……クライヴさんのことを愛しています」

クライヴが碧眼を見開き、困ったように目元を細めた。

「知里——そんな可愛い顔で告白されたら、言葉だけじゃなく、このまま君をつがいにしてしまいたくなる。でも今はまだダメだよ。過激派のことが片付いてから……」

「つがいになるには、どうするんですか？」

強い口調で尋ねると、クライヴは若干眉を下げたままふわりと微笑して、知里の髪を優しく撫でた。

「抱き合っている最中にうなじを噛むことで、つがいの証(あかし)を結べるんだよ。その後、互いの胸にリング状の痣が紋章として浮かび上がるらしい。私は見たことがないが、そうすれば二人は人狼として夫婦になったと認められ、死が二人を分かつまで一緒にいられると言われている」

「そうなんですか？　こ、行為の最中にうなじを噛めば、人間の僕でも本当に、クライヴさんと夫婦として認められるんですか……？」

「そうだよ。過去にも人間とつがった人狼は多くいるから、私たちも夫婦になれるはずだ」

その言葉に、思わず知里の唇から言葉がこぼれ落ちる。

「それじゃあ……僕を抱いてください。そしてうなじを噛んで、証を結んでほしいです……っ」

彼が驚きを露わに目を瞬かせ、次の瞬間この上なく幸せな笑みを浮かべた。

「知里——いいのか？」

まだ人狼の存在そのものに畏敬の念を抱き、臆する気持ちがあるが、それでもクライヴからの誠実な求愛と、彼に対して感じている情愛に正直になりたいと思う。

「僕……クライヴさんが本当に好きなんです。人間の僕では釣り合わないと思いますが、クライヴさんが望んでくれるのなら、僕は……」

「君からそんな言葉を聞けるなんて、うれしくてどうにかなってしまいそうだ」

クライヴが手を伸ばし、大きな手の平で頬を優しく撫でた。その感覚に胸の奥が疼き、下唇を噛みしめる。

「クライヴ……さん……」

「君がそばにいると、心臓が苦しくなる。同時に気持ちが安らいで不思議なくらい落ち着くんだ。君からのメールが楽しみで、ずっと私の支えだった。君さえいれば他には何もいらないと思う。こんな気持ちは君にしか抱いたことがないよ」

吐露される言葉を聞きながら彼の切れ長の双眸を見つめると、その力強さに胸が締めつけられた。

今日より明日、さらに明後日と、もっと彼のことを好きになるだろうと感じる。これから先もきっと、こんな気持ちになるのは彼だけだろうと直感でわかった。

「……僕もこんなにドキドキするのは、クライヴさんが初めてです。クライヴさんのことが好きです。大好き」

逞しい腕の中に、包み込むようにやんわりと抱きしめられる。

「知里……これから先、私と共に生きてほしい」

「クライヴさん……っ」

あたたかな体温に包まれた知里の鼻先に、男らしく爽やかな彼の香りが漂い、くすぐったい。

やがてうっとりするような甘い香りが混じり、鼻腔をくすぐる。そっと顔を見上げると、クライヴが熱を帯びた眼差しを真っ直ぐに知里へ向け、やわらかく微笑んでいる。

「君の甘い香りがしている。知里、愛している――」

「僕も……っ、好きです……愛しています……」

抑えきれない想いが胸の中からあふれ、じわじわと涙が浮かんだ刹那、端整な顔が近づいてきた。

上唇を舐めるように唇が優しく合わされる。

「……ん……っ……」

初めて触れる唇は熱く、啄(ついば)むように優しく吸われた。知里が身をよじると、逃さないというように強く抱きしめられた。

痺れるほど甘い口づけを繰り返し、逞しい体に抱きしめられて、知里は幸福感に浸る。

体が熱く火照(ほて)り出し、下肢の付け根が疼き出すと、クライヴが唇を押し開き、舌がするりと口腔内に入ってきた。

「んんぅ……っ」

敏感な舌先を絡め取られ、ゆっくりと口の中を掻き混ぜられる。

壊れそうに鼓動が速まり胸をせわしく上下させると、彼が気遣うように唇を離して耳元で囁いた。

「知里、大丈夫だ。私に全て任せてくれ。……この日をずっと待っていたよ」

甘美な声音と共に頬とこめかみに何度も唇を押しつけられ、滑らせるようにして耳朶を口に含まれた。

「知里の耳はやわらかいね」

そのまま甘く吸われ、耳の穴に舌を入れられて、全身から力が抜けていく。

「ク、クライヴさん……」

真っ赤になってしがみつくと、潰れるほど強く抱きしめてくれた。

「可愛いくて仕方がない。私の知里……」

何度も啄むように口づけが落とされる。額から頬へ、そして唇へ。

大切なものを扱う手つきで優しく頬を撫でられ、髪を梳かれた。彼の指先から愛しく思っていることが伝わってきて、触れてもらえるうれしさが胸の奥から湧き上がってくる。

はあ、と熱っぽい息が漏れ、胸の先端に指が触れた。熱く燻る快感がぞくぞくと全身を駆け抜け、彼の肩にしがみつく。

「知里……君は敏感だね」

耳元で艶めいた声が聞こえ、前髪を愛しそうに掻き上げられた。その手が降りてきて、上着を両腕から素早く引き抜かれた。

「――私の寝室へ行こう」

そのまま抱き上げられ、ロッジ内のリビングの隣にあるクライヴの寝室へと連れて行かれる。

火が入っていない暖炉の隣にセミダブルのベッドが置かれ、厚手のカーテンが閉められて、室内は小さな室内灯だけが灯っている。

そっとベッドの上に座らされ、戸惑いと緊張で体を強張らせると、クライヴがゆっくりと知里をベッドに押し倒しながら圧し掛かってきた。

「あ……」

怖いという感情はなかった。クライヴにならば何をされてもいいと思う。

小さな胸の突起に指が触れ、もう片方の乳首を舌で転がされる。背筋に震えが走り、目を閉じた。

「ク、クライヴ、さん……」

乳首を指の腹で押し回され、甘噛みされて、「んんっ」と真っ赤になって声を漏らすと、クライヴがふっと小さく笑った。

「声を我慢しなくていいよ。このロッジには、私と知里しかいないんだから」

そうつぶやくと、彼はもう一度乳首を口に含み、舌でゆっくりと突起を舐め回す。強く吸い上げられた直後、腰にピリピリとした快感が走った。

「あ、あっ……」

歯を立てられて赤みを増した乳首が彼の口と指の両方に愛撫(あいぶ)され、擦り立てられていく。

これまでそんな場所を弄られた経験がなく、戸惑いながらも気持ちよさを感じ、背を仰け反らせた。痛くて気持ちいい。どうにかなってしまいそうな快感に、腰の奥が熱く痺れてしまう。

「クライヴ、さ……、あぁ……っ、ん……」

彼の手が知里のズボンにかかり、一旦膝まで下げた後、足先から引き抜かれた。続けて下着も剝ぎ取るように脱がされてしまい、一糸まとわぬ姿にされた。

裸体を見られていることが恥ずかしくてたまらず、ぎゅっと目を閉じて顔を背けると、優しい声が耳朶に届く。

「恥ずかしがらないで――。君はとてもきれいだよ。私達はつがいになる。私は君の全てが見たいし、君に私の全てを見てほしい」

クライヴが身に着けていた服を脱ぎ捨て、ベッド下に落としていく。

衣類を脱いでいく彼を呆然と見つめていた知里は、幻想的な灯りに浮かび上がった、筋肉の乗った逞しい裸体に思わず息を呑んだ。

彫像のような美しい肉体に見惚れている間に、クライヴがサイドテーブルから小瓶を取り出した。

「これはローションだよ。乾いたままだと君を傷つけてしまうかもしれないから、潤滑剤として使用するんだ」

足の間に手が滑り込み、内股を優しく撫でられ、足を開かされる。

「え……あ、ま、待って……ください……っ」

ローションをまとった指先が息づく窄まりにあてがわれ、身を固くする。

「男同士でつながる時はここを使う。私を受け入れられるようにやわらかく解しておきたい。指を挿入するから、体の力を抜いて」

「は、はい……」

ぐっと狭い襞を押し広げられ、彼の指が侵入してくる。内部のやわらかな粘膜が擦り上げられ、ジンジンとした痛みに包まれた。

「ひっ、やっ、あ……」

「大丈夫だ。すぐによくなるよ」

指の動きに、下肢の付け根からぞわぞわとした感覚が押し寄せてくる。

知里の前が張りつめてくると、クライヴは片手で窄まりの中を掻き回しながら、もう一方の手で勃ち上がっている分身をぎゅっと握りしめた。

「あ、あ、あ――……っ」

二か所から湧き上がってくる快感に全身がわななく。

彼の長い指先が分身をゆっくりと上下し、擦り始めた。敏感な尖端をグリグリと愛撫されて、今にも下腹部に溜まったものを放ってしまいそうになる。

「んんっ、んぁ……っ、う……」

「もう少し拡げておきたい。我慢して」

上から覆いかぶさるようにして指を挿れられているため、華奢な知里の体は逃げようがない。

指を根元まで差し入れられ、中を開かれる感覚に肌が粟立った。

「う……っ、んぅっ、あ、あっ……」

「知里……大丈夫？」

「……クライヴ、さん……っ」

決して乱暴ではないが、いつもは余裕のある彼が雄々しく攻めてくる姿に、震えがくるほど煽られてしまう。

「指を二本に増やしてもいい？」

答えることができずに真っ赤になって頷くと、頬に優しくキスが落とされ、指が二本に増やされた。

「……っ、はぁ、ふ、あっ……う、ん……っ」

ローションをたっぷり塗した長い指が窄まりの中を濡らし、押し広げていく。中で蠢く指の動きが下肢の付け根にジンと響き、未知の感覚にもがくようにシーツを摑むと、クライヴが愛しそうに目を細めた。

「もう大丈夫だろう……。知里、私を受け入れてくれ……」

クライヴが囁くように言い、知里の腰を摑んだ。

「……クライヴさん……僕……、よくわからなくて……」

「君は何もしなくていいんだよ。ただ、最初は痛いかもしれない。じきによくなると思うから……」

足を抱えるようにされ、濡れた窄まりに昂った分身が押し当てられる。

硬く大きさを増した亀頭が狭い襞を割って、知里の中へ挿入される。

「あ、あ、あ――っ」

覚悟していたより、何倍もの重量と勢いに知里は思わず悲鳴を上げた。

それでも、挿入されているのがクライヴの分身だと思うと、胸が激しく高鳴っていく。

「……ひぅ……っ、あっ、あっ……、んんぅ……っ」

「もう少し――奥まで……」

硬く屹立した彼の分身がゆっくり前進し、奥深くまで入ってくる。その衝撃と生々しいまでの感覚に、知里の腰がビクビクと跳ねた。

「あぁっ、や、んっ、も、もう、む、り……っ」

「痛い？　もう少し……我慢して――」

欲情を帯びた声音で囁かれ、みっしりと埋めている剛直をいっそう深いところまで進められる。

「あ、うっ、ク、クライヴ、さ……っ」

「もっと君の奥まで行きたい……すまない……」

感じやすく狭い内壁を擦り上げられ、敏感な場所を強く刺激されて、こらえ切れずに喉の奥から呻き声が漏れる。

「んん――っ、う、やっ、あっ、あぁっ……」

強張っている知里の気持ちをリラックスさせようと、彼の手が乳首を愛撫し、優しい口づけが落とされた。

「あ、ぅ……っ、ん……」

初めて深部まで愛しい人を受け入れる行為を経験し、全身が小刻みに震え出し、痛みとも感動ともつかない涙が頬を伝い落ちる。

「全部、入ったよ」

甘く囁かれた。クライヴの体がぴたりと重なり、自分の中がドクドクと脈打つ彼の分身で満たされていく。

彼とひとつにつながっていると思うと、胸の奥から沸々とした喜悦が込み上げてきた。

「よ、よかった……僕、クライヴさんと、結ばれて……うれしい……」

金色の前髪を揺らして、彼がこの上なく幸せそうに微笑む。

「知里……君は本当に可愛い……少しだけ動いてもいい？」

こらえ切れなくなったというように、クライヴが腰を動かし、さらに奥まで突き上げてくる。

「ひっ……、あ、あぁ……っ」

擦られ、貫かれ、引きずり出され、最奥を突き上げられる。彼の動きからは苦痛よりも甘い快楽の方が強くもたらされ、痺れるような感覚に包まれていく。

「知里……っ、好きだ……、知里……っ」

荒々しく腰を打ち付けながら、クライヴが熱を帯びた声音で何度も知里の名を呼ぶ。うれしくて幸せでどうにかなってしまいそうだ。

「く、あ、もう、はぁっ、は……っ、んんっ……」

感じやすい粘膜を抉られるように奥まで貫かれ、深く強く責められて、知里は悶え泣いた。

下肢から込み上げてくる刺激が全身に広がり、意識が飛びそうになりながら、クライヴの背中に手を回して強く抱きしめると、彼が熱い息をこぼした。

「――知里、ああ、知里……私の……っ」

徐々に抜き差しのスピードが上がり、呼吸が乱れる。息を上げ、低く呻いているクライヴの声が耳元に落ち、彼の感じている様子が知里をさらに高揚させる。

ローションで濡れた後孔を剛直で掻き回され、グチュッ、グチュリという淫らな水音が耳を打った。

「んっ、んぅっ……、うぅっ……あ、あぁ……っ……」

「――知里、うなじを噛んでもいい？」

「クライヴ、さん……っ」

「私のつがいになってほしい――」

うなじに彼の唇が触れ、啄むようにキスをされる。高位種の彼から発せられる凄まじい熱気と威圧感に、ガクガクと体が震え出した。

「あ……」

噛まれる、と思うと急に怖くなった。生理的な恐怖に、体が強張ってしまう。

そのことを感じ取ったのか、クライヴが動きを止め、戸惑った表情で知里を見つめ、何度か瞬きをした。

「知里……？」

「ご、ごめんなさい、僕……クライヴさんのこと、大好きです。でも、やっぱり怖くて、あの……」

心から彼を愛しているが、嚙まれる恐怖を思うと体が震えてしまう。葛藤する知里の気持ちを理解したように、クライヴが温和な眼差しを向けた。

「君が混乱する気持ちはよくわかるよ。初めて体をつなげたばかりで、焦ってすまなかった」

「ご、ごめんなさい。僕、あの……」

自らつがいの証が欲しいと口にしたのにと、情けなくてうつむいた。彼を傷つけたのではと不安に思っていると、強張った頰を優しく撫でられた。

「知里、顔を上げて。君が私を想ってくれていることはわかっているよ。私はいつまでも待っている。君が恐怖を感じなくなってから、つがいの証を結んでくれればいいからね」

「クライヴさん……っ」

「今だけは全てを忘れて、私を想う気持ちに身を任せて。私も君と体と心をひとつに重ねて、溶け合いたい。知里……愛しているよ」

熱情を込めた眼差しを向けられ、甘く乳首に吸い付かれて、ジンジンと痺れるような快感が下腹部まで迫り上がってきた。

前後に波打たせるような動きで最奥を突き上げられて、頭の中が真っ白になってしまう。

「……クラ、イ……んんっ、はぁ、あ、あ、あぁぁ……っ」

大きさと硬さを増した彼の分身に、潤んだ内部を痛いくらい強く擦られる。背中がゾクゾクと震え出し、知里の分身が一気に膨らみを増していく。

「うぅ……！　あっ、あっ、あっ……」

勃ち上がった知里の分身が彼の手に掴まれ、優しくなだめるように擦り上げられた。

巧みな手淫に追い上げられ、達してしまいそうな感覚を懸命にこらえる。

「知里、出していいんだよ」

「で、でも……っ」

「君は本当に可愛い」

彼が手を小刻みに前後に動かしながら、分身を擦り立て、息を弾ませている知里の口を塞ぎ、貪るように濃厚なキスをする。

「ん……クライヴ、さ……っ」

汗で濡れた髪を優しく梳かれ、熱く濡れた舌を奥まで差し込まれた。

情動のまま知里もクライヴの口を吸い、積極的に舌を絡めると、骨が軋むほど強く抱きしめられる。

そうしてしっかりつながると、中の灼熱の分身がドクンッと大きく蠢き、痺れるような官能が下肢から突き上げてきた。

「あ……ああぁ……っ、クライヴさ……、も、もう、で、出てしま……う……っ」

絶頂が近いことを感じ取り、知里は彼の背中に強くしがみつく。

「知里……っ、私も――」

呻くようにつぶやき呼吸を乱す彼は、ぞくっとするほど色っぽくて美麗だ。

体内の剛直が激しく最奥を抉り、脈動が行き来する体の奥から、痺れるような甘い快感が全身を駆け抜けていく。

「……んっ、く……っ、出る……っ、知里――……」

耳元で艶のある声で囁かれ、同時に深々と貫かれて、脳髄が蕩けるような愉悦に包まれた。

次の瞬間、中で彼が弾けた。敏感な内部が濡れる感覚にビクビクと体を震わせながら、同時に知里の分身からも白濁が放出される。

「ああ――……っ」

「知里……」

息を弾ませ、脱力している知里の口を塞ぎ、甘美な口づけが落とされる。

「ん……クライヴ、さん……っ」

「君は私のものだ。そして、私は君だけのものだよ。……知里、愛している」

潰れるほど強く抱きしめられて、甘く口づけられた。

彼の背中を抱き返し、あたたかな温もりと幸福感に包まれて、知里はゆっくりと目を閉じた。

8

翌朝、目を覚ますと、クライヴは先に起きたようでベッドには知里ひとりだった。

（もうこんな時間だ）

時計を見てあわててシャワーを浴び、持ってきた私服に着替えてリビングに入ると、ノートパソコンを打っていたクライヴが手を止めた。彼の顔を見るとほっとして、知里は笑顔になる。

「クライヴさん、おはようございます。寝坊してすみません」

「知里――」

熱情を帯びた青色の瞳が苦しそうに細められ、眉根がきつく寄せられている。

「どうしたんですか？」

体調が悪いのだろうかと心配になり、クライヴのそばに座って腕にそっと手を置いた。

「すまない、知里」

「えっ？」

「――過激派の問題が何も解決していないのに、君を抱いてしまった。君に何か危害が及ぶようなことがあれば私は……」

辛そうに眉をひそめるクライヴの真摯な想いに胸が熱くなり、彼にしがみついた。

「僕が抱いてほしいと言ったんです。クライヴさんと結ばれて本当にうれしかった。後悔していません。だからどうかそんな顔をしないでください」

「ああ、知里――。こんなに満ち足りた気持ちは初めてだ」

「クライヴさん……」

強く掻き抱くように抱きしめられ、唇が合わされる。想いの込もった口づけの後、彼の瞳がふっと優しく細められた。

「二人だけの時くらい、私のことを呼び捨てにしてくれないか？」

「それは……」

真っ赤になってうつむくと、そっと梳くように髪を撫でられた。

「無理にとは言わないよ。そうだな、君が呼びたいように私のことを呼んでくればいい。私は君が呼んでくれるのなら何でもかまわないんだ」

甘く囁かれ、唇に啄むような甘いキスが落ちる。

「体にどこか、痛いところはない？」

「はい、大丈夫です」

「それならよかった……君にはいつも笑顔でいてほしい。愛している、知里……」

彼の大きな手にくしゃくしゃと髪を掻き回されると、愛おしい気持ちが迫り上がってきて、熱い吐息がこぼれた。クライヴの手が知里の顎にかかり、何度も唇を重ねられる。

「……ん……ぅ……」

唇を辿りながら優しく愛撫され、確かな意志を持った熱い舌が絡められる。強引な舌遣いにじわっと頭の芯が痺れた直後、彼が唇を離した。鷹揚（おうよう）とした眼差しで知里を見つめ、はっきりと告げる。

「私の気持ちは変わらないよ。これからも知里だけを愛し続ける」

「……僕も、クライヴさんだけをずっと好きでいます。……昨夜は……勇気が出なくてすみません……あの、僕は」

「わかっているよ」

知里を強く抱きしめ、首筋に顔を埋めるようにして、彼が囁く。

「つがいの証を結ぶことは、今は考えなくていい。君の気持ちが落ち着いてからで……いや、過激派のことが片付いてからの方がいい。知里、過激派の鎮圧が終わって、お父さんが無事に見つかったら、今度一緒に日本へ行こう」

「日本へ？」

クライヴはやわらかな眼差しを向けて微笑んだ。

「君の故郷は私にとっても大切な国だから、二人で訪れたいんだ」

「……クライヴさん……」

優しい言葉にクライヴへの愛しさが堰を切ったようにあふれ、胸の奥が痺れたように痛む。ぎゅっと唇を引き結ぶとクライヴが心配そうな顔になったので、あわてて顔を上げた。

「何でもないです。僕、クライヴさんのことが好きだなって思って。幸せだなって……」

クライヴのことが好きで、好きで、泣きたくなった。このままずっと彼のそばにいたい。

こんなにも誰かを好きになったのは初めてで、自分よりも大切で……。宝物のような二人の時間を、きちんと心に刻んでおこうと思った。

二人でシャワーを浴び、一緒に朝食を食べていると、クライヴが穏やかな声で言った。

「知里、一緒にもう一度、英一郎氏を探してみよう。昨日はライネとどこを回った？」

「ホテルやスーパーマーケット、それからキルナ鉱山とキルナ市庁舎を回りました。でも、日本人さえいなくて……」

夢で見た、鎖でつながれた父の姿を思い出し、気持ちが沈んでいく。

「そうか、わかった。食べたら行こう。知里——」

励ますようにぎゅっと強く手を握りしめられると、不思議と不安な気持ちがやわらいだ。

朝食を終え、別荘に置いてある車に乗り、二人で英一郎を探しに行く。

ホテルや店を回ってみたが、やはりどこにも日本人らしき姿はない。次は観光地を探そうと言い、クライヴが車を停めた。

「知里、ここがキルナ教会だ」

「すごい……立派な建物ですね」

車を降りて、二人でそびえ立つ赤銅色の教会を見つめる。

「この教会は、ラップランドの先住民であるサーミ人のテントを模していると言われ、独特なデザインになっているんだよ」

ふっと目を細めたクライヴに、優しく腰を抱き寄せられた。

「——いつか、二人で式を挙げよう」

「はい……」

耳朶まで一気に真っ赤になった知里が深く頷くと、クライヴはそっと優しく啄むように口づけてくれた。

二人でキルナ教会の近くの店に寄り、日本人を見なかったか訊いてみたが、この時期は滅多に見ないと言われる。相当落ち込んでいるように見えたのか、クライヴが今日の記念にと二人の名前を刻んだグラスを注文してくれた。文字を入れ終わりしだい連絡をくれ、郵送してくれることになった。

店を出て車に戻っている途中で、ライネからクライヴに電話があった。何やら冷やかされているようでクライヴが照れたような表情になり、少しして通話が終わった。

「ライネは仕事が終わり、キルナ鉱山へ来ているので、そこまで迎えにきてほしいと言っている。ここから近いから、二十分後に待ち合わせた」

クライヴと知里は車でキルナ鉱山へ向かった。

早く着いたので、広い駐車場に停車して車を降り、二人で手をつないで歩く。さりげなく合わせてくれる彼の歩調から、優しさと愛おしむ気持ちが伝わってきて、ぎゅっと握った手に力を込めた。

「今はまだ秘密にしておく時期だが、ライネとテオドルにだけは私たちのことを話そうと思う」

「はい」

笑顔で頷くと、クライヴが大きな手で強く握り返してくれた。

「あ、青色の花が……」

山の麓に見たことのない鮮やかなブルーの花が咲いているのを見つけた。クライヴの瞳のようなきれいな色の花だ。思わず「少し待っててください」とクライヴに声をかけて手を離し、走り出す。

(珍しい色の花……キルナの思い出に持って帰って、名前を調べてみよう)

一本手折り、クライヴの元へ戻ろうとした直後、何度か感じたことのある視線に気づいた。急いで周囲を見渡すと、森林のそばに若い男が立っていた。距離はあるが、頬から首筋にかけて赤銅色の痣が見えた。

（どこかで見たことがある人だ。どこだっけ……）

急いで記憶を辿っていると、英一郎がＵＳＢを送ってほしいと連絡があった住所にいた男性だと思い出す。確か兄弟で住んでいると言っていた。あの兄が、同じ場所に痣があったはずだ。

（なぜこんなところへ？　まさか僕を付けてきた……？）

ウプサラからキルナは距離がある。見間違いか人違いかもしれないと考えていると、痣のある男はちらりと知里の方を見て、逃げるように踵を返して走り去った。その直後、頭上で大きな音が聞こえた。

咄嗟に振り仰ぐと、ミシミシと音が響いて木が傾き、知里の方へ倒れてくるのが見えた。

「……っ!?」

それは一瞬の出来事だった。視界が陰って大きな音と共に頭上に古木が落ちてくる。思考が停止し、足が縫い付けられたように動かない。

「知里！」

クライヴの声が聞こえ、逞しい体に抱きしめられた直後、ドオォォンッ！　と大きな音が響き、知里はぎゅっと目を閉じた。

「……あ、僕……？」

しばらくしても地面に叩きつけられる衝撃がなく、恐る恐る目を開けるとクライヴがそばに倒れていた。周囲に砕けた大木がばらばらになって散らばり、クライヴの頭から血が流れている。

「ク、クライヴさん!?」

クライヴの顔色は真っ青だ。急いで膝を着き全身を確認すると、体のあちこちに怪我をしているようで、服が破れて血が滲んでいる。

「こ、こんなひどい怪我を……、僕をかばって……」

胸の奥が痛み、涙があふれてくる。

「あっ……」

クライヴの体が小刻みに震え出し、金狼へと変化する。

おそらく体力を回復させるため、人間の姿から狼へと変身したのだろう。

（クライヴさん……っ、狼の姿になるほど怪我がひどいんだ。は、早く手当てを……）

「今の音は何だ？」

「何があったんだ？」

大きな音を聞きつけたのだろう、周囲から人々の声がしてきて、我に返る。

（泣いている場合じゃない！　他の人に見られないように、クライヴさんを安全な場所へ……！）

涙を拭い立ち上がった知里は、金狼の体の下に自らの手を入れ、持ち上げようとする。しかし重くてびくともしない。

（神様……お願いです。クライヴさんを助けてください……っ）

奥歯を嚙みしめ、力を振り絞る。

「ク……ライヴさんを……っ、助けるんだっ」

狼の姿のクライヴをやっとの思いで抱き上げ、ふらつく足で一歩一歩進む。駐車場まであと少しなのに、その距離がとてつもなく遠く感じられた。傷が痛むのか、金狼のクライヴが低く呻いた。

「ウ……グ、ゥウ……ッ」

「もう少し……っ、もう少し、我慢してください……クライヴさん……っ」

駐車場に停めてある車のドアを開け、後部座席に狼の姿のままのクライヴを横たえ、そばに座ってすぐに扉を閉めた。

（……誰にも見られなかった……、よ、よかった。そうだ、ライネさんに連絡を）

携帯電話で連絡を取ると、数コールの後、上機嫌のライネが出た。

『知里くんかい？　クライヴも一緒？　俺の方は撮影が終わったところで……』

ライネの声を遮るように、知里は声を震わせる。

「ク、クライヴさんがっ、僕をかばって大木の下敷きになって、け、怪我をして、お、狼の姿にっ」

「――なんだって!?　今、どこにいるんだい？」

「キルナ鉱山の駐車場です。クライヴさんの車の中で……っ」

「わかった、そこなら近い。すぐに行く。くれぐれも狼の姿を人目に触れさせないようにしておいて！」

「はい……っ」

電話を切ると、体温が奪われないように上着を脱いでクライヴにかけた。獣医学部の学生として知里はすぐに応急処置をしようと車内を見渡すが、止血できるものはない。駐車場から近い土産物店へ走り、タオルをあるだけ購入して車へ戻った。

血がついた金色の毛をそっと掻き分け、傷口を止血しているとクライヴが呻いた。

「……ウ、グ、グ……」

「クライヴさん……痛い？　もうすぐライネさんが来るから……。ごめんなさい、僕をかばってこんなことに」

クライヴは知里の体に鼻先を押し当て、じっと痛みに耐えている。

(早く来て、ライネさん……)

知里が金狼の体を撫でながら祈っていると、ライネが血相を変えて車のドアを開けた。

「クライヴ……っ」

狼の体を確認するようにかけてあった上着を剝ぎ、鋭い視線を往復させる。取り乱した様子を見せたライネだが、クライヴの怪我を確認すると、安堵したように小さく息を吐いた。

「命に別状はないようだね……大丈夫かい、クライヴ……」

「ウゥゥ……、グル……ッ」

「すぐに別荘まで戻ろう。俺が運転するから、知里くんはクライヴについてて」

「はいっ」

ライネが別荘のロッジまで車を走らせ、周囲に人がいないことを確認して、ライネと知里で上着をかけたクライヴを持ち上げてベッドまで運んだ。

「ライネさん、救急箱を――」

「頼むよ、知里くん」

救急箱を受け取った知里は、真っ赤になったタオルをクライヴの傷口から取り、生理食塩水で洗い流してガーゼで止血し、圧迫するように包帯を巻いていく。

「ウ……ッ、グ……」

「クライヴさん、お水です。飲んでください」

ペットボトルの水をボウルへ移してゆっくりクライヴの口へ持っていくと、コクンと飲んでくれた。

金狼のそばに膝を着いて抱きしめるようにすると、ライネが静かに訊いてきた。

「知里くん、どういう状況でクライヴが怪我をしたのか、教えてくれる？」

「はい——。あの、すみません……。キルナ鉱山の駐車場から歩いている時に、大木が倒れてきて、驚いて動けなくなった僕をクライヴさんがかばってくれたんです」

「そうか——怖くて足が竦むことは誰にでもある。仕方がないよ」

労うようにそう言い、ライネが携帯電話を取り出した。

「——ライネ・キュレネンです。急患で診ていただきたいのですが……高位種(エリート)のクライヴ・フォルリングが怪我をしたんです。……はい、これから向かいます。よろしくお願いします」

通話を終えると、ライネが知里を真っ直ぐに見た。

「知里くん、これからクライヴをムーラの人狼専門の病院へ連れて行く。君はここで待ってて」

「僕も行きたいです。クライヴさんについていたい……。そばにいさせてください。お願いします」

ライネは困ったように眉を下げた。

「人狼専門の病院だから、家族以外の人間は入れないんだよ。病院のスタッフも患者も全て人狼で、病院内は人狼協会関係者もいるし、人間の匂いは高位種(エリート)にはすぐにわかってしまうからね」

「病院に着くまででいいです。少しでも長くクライヴさんのそばにいたいんです」

「——わかった。おいで」

車の後部座席に金狼のクライヴを乗せ、知里がそばに座り、ライネが運転してムーラへ向かった。

クライヴは目を閉じ、苦しそうに身じろいでいる。

（クライヴさん……ごめんなさい——）

痛々しくて見ているだけで辛く、知里は顔を歪めて泣きたい気持ちを懸命に抑えた。

到着したムーラの人狼専門の病院は大規模で、外観は普通の病院のように見える。それでも入り口の厳重なセキュリティシステムや、外から病院内が見えないよう高い塀に囲まれ、全ての窓に特殊なシートが張られているところに違和感を覚えた。

ライネが付き添い、ストレッチャーに乗せられたクライヴが病院の中へ入って行く。

車の中でじっとしていることができず、知里は病院の外で待った。

（神様、どうかクライヴさんをお守りください……）

少ししてテオドルがタクシーで駆けつけてきた。知里に気づいて駆け寄ってくる。

「ライネから連絡があった。おいチビ、どういうことだ？　なぜクライヴ様が怪我を……っ」

「ごめんなさい……大木が倒れてきて、クライヴさんが僕をかばってくれたんです」

テオドルが目を見開いた。

「お前のせいなのか？　クライヴ様に迷惑をかけるなと言っておいたはずだぞ！　それなのにっ」

テオドルは興奮のあまり目に涙を浮かべ、知里の胸倉を摑んで叫んだ。

「お前のせいで、クライヴ様が怪我をした！　お前なんかのために……っ、お前が現れなければ、こんなことにはならなかったんだ。弱い人間のくせに！」

激しく責められ、知里が怯えたようにまつ毛を震わせる。その直後、ライネが病院から出てきた。

叫んでいたテオドルの声が聞こえたようで、鋭い視線を彼に向けた。

「——テオドル、よせよ。知里くんは悪くない。責めたらかわいそうだ」

「うるさい！　ライネがついていながら、どうしてこんなことになっているんだよっ、クライヴ様の容態はどうなんだっ？」

「それが……」

青ざめた顔のライネを見て、知里の心臓が一瞬止まったようになり、呼吸ができなくなる。

「ク、クライヴさんの怪我は、そんなに悪いんですか……？」

「クライヴ様っ」

テオドルが病院の中へ駆けて行く。知里もできればそばに行きたいが、人間は病院の中に入れない。

仕方なくライネを振り仰ぐ。

「ライネさん、クライヴさんは？」

珍しく沈痛な表情を浮かべたライネが、言葉を選びながら口を開く。

「……傷は手術で縫合したから大丈夫だよ。でも、大木で頭を強打しているせいか、まだ意識が戻らないんだ」

「意識が……戻らない」

オウム返しにつぶやくと、ライネが口元を引き結んで、知里の肩に手を置いた。

「俺は病院に泊まることにする。テオドルもたぶんそうするだろう。知里くんは叔父さんの家へ帰るかい？　レクサンドならここから近いしね」

できればクライヴのそばにいたかったが、人間の知里が病院近くをうろうろしていたら、ライネにも迷惑がかかってしまう。知里はぐっと拳を握り「わかりました」と答えた。

レクサンドの翔吾の家に戻ったが、翔吾はまだフィンランドへ出張中で、動物病院は閉められたままだ。知里ひとりで過ごし、四日が経った。

クライヴのことが心配で何も手につかない。毎日お見舞いに行っているが、ムーラの病院内には入れないので、外から見ているだけだった。

今日も外から病室を見上げただけで、クライヴに会うことはできなかった。病院から戻ろうと思った時、携帯電話が鳴った。画面を確認すると翔吾からで、すぐに通話ボタンを押す。

『もしもし知里くん？　元気にしているか？　寂しい思いをさせてすまないね』

「僕は大丈夫です。翔吾さんこそ、お仕事は……？」

『ああ、まだフィンランドにいるんだが、もうしばらくかかりそうなんだ。ちょっと気になることがあって……知里くんが以前話していたことが、こっちでも現実になっているんだ』

知里は受話器を持ち直した。

「何かあったんですか？」

『オレがいるオウランカ国立公園の周囲でも、行方がわからなくなっている人がいるらしいんだ』

クライヴから聞いていた行方不明者の増加が、スウェーデンのみならずフィンランドでも起こっていると知り、知里はこくりと喉を鳴らす。

「その行方がわからなくなっている人達は、動物の生態や薬剤に関する職業に就いているらしい。だから……製薬会社勤務の義兄さんも、このことに関係があるのかもしれないと思って……こっちの獣医仲間にもう少し詳しく話を聞いてみるよ。知里くんも気をつけて』

「わかりました。翔吾さんも気をつけて、お仕事頑張ってください」

通話を終えて小さく息をつく。知里の脳裏に父の顔が浮かび、不安が黒い霧のように胸の中に広がっていく。

(父さん……どこにいるの?)

強く携帯電話を握りしめた直後、再び着信の電子音が響いた。今度はライネからだ。

「ラ、ライネさん? クライヴさんの容態はどうですか——?」

気持ちが焦り、口調が早まってしまう。

『——さっき、クライヴの意識が戻って、狼から人の姿に戻ったんだ。まだ高熱が続いているけど、もう大丈夫だよ』

「本当ですか? よかった……っ」

『縫合の後の経過もいいし、来週には退院できそうだとドクターが』

「うれしい……、本当によかったです」

無事にクライヴの意識が戻った。傷もよくなっているようだし、知里は歓喜で胸がいっぱいになり、外に立って、病室を見上げる。

(クライヴさん、会いたい……)

そう心の中で繰り返していると、足音が近づいてきた。

「知里くん、来ていたのかい?」

病院の出入り口からライネが出てきて、知里を見て優しく微笑んだ。

「ライネさん……」

「クライヴのことが心配なんだね。クライヴも君に会いたがっている。人の姿になってから、君のことばかり話しているんだ」

「クライヴさんが……」

うれしさが体の芯を揺らした。

「……僕のこと、怒ってないですか」

落木の恐怖で立ち竦まなければ、クライヴは怪我をせずに済んだのにと思うと、胸が引き絞られるように痛む。ライネは首を左右に振った。

「まさか、クライヴは君が事故後に懸命に助けてくれたことを覚えていて感謝しているよ。そして君のことを心配している」

（クライヴさん……）

ライネの言葉を聞いて安堵に包まれ、じわじわとクライヴへの愛しさが込み上げてくる。

ピリリリッ……。

ふいに携帯電話が鳴った。画面を確認して目を見開く。

「……メール……？　と、父さんからだ！」

思わず叫び、震える手でメールを開くと、『ＵＳＢはお前が持っているのか？　どうしても必要になった。下記の住所へすぐに持ってきてくれないか』と書いてある。続く住所は最初の時と同じ、ウプサラのあの兄弟が住んでいるアパートだ。

「知里くん、英一郎氏はなんて？」

ライネに父からのメールの内容を伝えると、彼は神妙な面持ちで思案した。

「なんだか緊迫している雰囲気だね。確かＵＳＢは……」

「本物はクライヴさんの屋敷の花壇に隠して、僕がダミーのＵＳＢを持ち歩いています」

バッグから取り出して見せる。ライネが真剣な表情で頷いた。

「どうする？　ウプサラへ行くかい？」

知里はダミーのＵＳＢをバッグにしまい、ライネを見つめ、眉根を寄せた。

「スウェーデンに来たばかりの時に、この住所を訪れたことがあります。何か嫌な感じがして……男性二人が住んでいて、兄弟だと言ったんですが、言っていることに違和感があって、この前キルナで兄の方を見かけた気がするんです」

「キルナで？」

ライネが表情を強張らせるのを見て、知里は感じたことを話す。

「それに、このメールの『すぐに持ってきてくれ』という言葉が気になるんです」

以前は『送ってくれ』だった。英一郎は知里がスウェーデンにいることを知っているのだろうか。そもそも、別人が英一郎になりすましている可能性もある。そう思うと父の安否が気がかりで、ぞくぞくとした悪寒が駆け抜け、鼓動が速まっていく。

「先ほど、叔父から聞いたんです。動物の生態や薬剤に関する職業に就いている人がフィンランドで行方不明になっていると」

「――わかった。俺の車に乗って。すぐに出発しよう」

「ライネさんも一緒に行ってくれるんですか？」

「もちろんだよ。どんな危険があるかもしれない。知里くんひとりで行動させられないよ。クライヴから君のことを頼まれているんだから――」

スウェーデンに来たばかりの頃、無鉄砲に英一郎を探した時のことを思い出し、奥歯をぎゅっと噛みしめて頷く。

「すみません、ライネさん、よろしくお願いします」

クライヴの看病をしてくれている彼に、迷惑ばかりかけている気がして悄然と頭を下げると、くしゃくしゃと髪を掻き回された。

「何を言ってるんだよ。俺だって知里くんの友達だ。遠慮なんてしないでいいよ」

「ありがとうございます」

友達という言葉がうれしくて、強く首肯する。その後ライネが運転する車で、ウプサラへ向かった。

指定された古いアパートに着くが、呼び鈴を鳴らしても誰も出てこない。

「このアパートなんですけど……」

「留守みたいだね。少し待ってみよう」

「はい」

アパートの近くに車を停めて周囲を見渡す。少しすると歴史を感じさせる静かで落ち着いた街並みを歩く男性二人に気づいた。あのアパートの兄弟だ。

ひとりは携帯電話を耳に当て、もう一人はポケットに両手を突っ込んだまま歩いている。アパートから離れていく二人をそっと指差し、ライネに報告する。

「あの二人がアパートの住民です。……間違いないと思います」

兄の方は頬から首筋にかけて目立つ赤銅色の痣があるので、見間違うことはないと思う。

「すぐに後を追おう」

車から降りて、二人の後を付けて行く。ふいに二人がこちらを振り返り、ライネが知里の手を引っ張って、建物の陰に隠れた。

　グリーンアイの双眸を細め、ライネが囁いた。

「あの二人……人狼だよ。それも過激派だ」

「ほ、本当に？」

「ああ、過激派のメンバーでわかっているものは、人狼協会からの資料に掲載され、協会の調査員がマークしているんだ。でもあの二人は春先から行方をくらましていた。確か混血種（ノーマル）の兄弟だ」

「キルナで大木が落下してくる前、あの兄の方が遠くから僕を見ていたんです」

　ライネが双眸を眇め、口元を引き締めた。

「何かありそうだね。俺が後を付ける。知里くんは危険だから、ウプサラ城付近のカフェにでも入って待っていて。ケーキが美味しいんだよ」

　軽口のように言うライネの腕に手を添え、知里は強く首を左右に振る。

「いいえ、僕も一緒に行きたいです。父さんのことが心配ですし……」

　ライネは少し考え、小さく頷いた。

「そうだね。父親のことを心配する気持ちはよくわかるよ。それじゃあ、ゆっくりでいいから足音をなるべく立てずに、歩いてくれる？」

　ライネと一緒に少し距離を置いて兄弟を尾行する。二人はウプサラ大学のキャンパスの横を通り、ますますアパートから離れて人通りの少ない方へと歩いて行く。

　自然に囲まれた廃屋の中へ入った二人の後を付け、そっと小屋へ近づく。

「あの二人、この中へ入ったね。知里くん、この場所は……」

ゴンッと大きな音が響き、銀髪がふわりと揺れ、ライネの長身が崩れ落ちた。

「ラ、ライネさんっ!?」

倒れた彼に駆け寄ろうとした瞬間、ざぁっと風が吹き、鈍い音が後頭部で響いた。

その直後、知里の意識が途切れた。

9

「――知里くん……、知里くんっ」

ライネの声が聞こえ、知里は重い瞼を持ち上げる。

「……ん……っ」

薄暗い室内の天井が見え、膝を着いて心配そうに知里を覗き込んでいるライネの顔が視界に入った。

「ライネさん、ここは……？　僕達、どうして……」

「背後から殴られたようだ。ここはどこだろう――？」

狭い室内は倉庫のようで、がらんとしている。動こうとして、両手を縛られていることに気づいた。

ライネも同じように、両手を背中に回された状態で太いワイヤーロープで縛られている。

知里はあわてて起き上がろうとして、バランスを崩し、その場に倒れた。

「知里くん、大丈夫かい？　俺達は何か薬を使われたようだ。無理をしない方がいいよ」

「本当だ、手足が痺れている……」

「おそらく、眠り薬か痺れ薬のようなものを使用されたんだろうね」

両手を拘束されたまま、ライネが足だけ使って立ち上がり、薄暗い室内を歩いて、扉を確認する。

「ドアはひとつ、外側から鍵がかけられているようだ。この部屋には窓もないね。知里くん、バッグは？」

「あ、ない……ないです！　もしかしてＵＳＢを狙って？」

ライネが深く頷いた。

「たぶんそうだろうね。でも誰が」

足音が聞こえ、ライネがばっとドアから離れて、知里をかばうようにそばに立つ。鍵がガチャリと開けられ、狙撃銃を構えた男が二人、入ってきた。あのウプサラのアパートの兄弟だ。頬から首筋に痣のある長身の兄の方が知里を見て眉を上げた。

「気がついたか。USBはどこだ？　バッグの中を隈なく調べたがダミーしかなかった。お前、データの入ったUSBをどこへ隠した？」

「……」

「レクサンドのお前の叔父の家を探したが、見つからなかった」

「なっ……翔吾さんの家まで……」

「お前が持っているんじゃないのか？　それともどこかに預けているのか？」

翔吾さんが留守でよかったと思いながら、そうまで執拗に探す彼らに恐怖を感じ、眉間に皺を寄せて訊く。

「どうして、あのUSBが必要なんですか」

痣のある男は、黙ったままライネに視線を向ける。

「人狼のライネ・キュレネンだな。カリスマ的人気のカメラマンなのに、共存派の犬とは情けない」

挑発するようにつぶやく男をライネが薄く口角を上げて笑い、睨み返した。

「過激派の猿のくせに、ずいぶん偉そうだな。行方をくらませていたらしいが、一体何を企んでいるんだ？」

男は威嚇するように、狙撃銃の弾丸を音を立てて装塡した。

「まさか、お前がこいつのUSBを持っているのか？」

「さあて、どうだろう」

怖気づくことなくライネが応えると、苛立った様子の男がそばの弟に「この二人を見張っていろ」と命じ、携帯電話で指示を仰いでいる。

「ええ――わかりました。そちらに連れて行きます」

顔に痣のある男は通話を終えると、ライネと知里を交互に見て、ぞんざいに顎で扉をしゃくった。

「これから、お前らがUSBの在処を言いたくなるような人物に会わせてやる。来い」

両手を拘束されたまま部屋を出ると、数人の男達がぞろぞろと集まり、銃口を突きつけられて、知里とライネは歩かされた。

廃墟のような荒んだ建物の中らしく、全体に奇妙な臭いが漂っている。二階への階段を上がりながら、ライネが強い異臭に眉をひそめた。

「おい、この臭いは何だ？　君達も人狼ならこの異様な臭気に気づいているだろう？」

ライネが問うと、弟の方が鬱陶しそうに答える。

「共存派の犬に教えることは何もない。お前達は人狼のくせに、人間の味方をして……っ」

男の血走った目を見て、ライネがあきれた表情で男を見返す。

「過激派は相変わらず人間嫌いのようだな。しかし、この人間社会を敵に回して、どうやって人狼だけで生きていくつもりだ。よく考えれば……」

「うるさい！　この国に人間など必要ないのだ！」

叫んだ男がぐっと奥歯を嚙みしめ、呼吸を整えながら二階の一番奥の部屋の扉をノックした。

「小泉英一郎の息子と、共存派のライネ・キュレネンを連れてきました」

「――入れ」

奥から応えたのは、太い声だった。

ライネと知里を無理やり部屋に入れると、男達は取り囲むように銃を構えた。

広い室内はカーテンが閉められ、外からの日差しが遮られて薄暗い。しかし、右手には大きな窓があり、そこがガラス張りになって、様子が上から見下ろせるようになっている。

窓の向こうには研究施設のような設備が並び、白衣姿の人々が実験らしきことを行っていた。室内には人狼とおぼしき数人の男が銃を構えている。知里は目を見開いた。

「あの人達は……？」

施設にいる人々は見るからにみな痩せ細り、無表情だ。知里の問いに背後で銃を構えた男が答えた。

「強制的に連れてきた学者や医者、獣医師などだ」

「なっ……」

スウェーデンやフィンランドで、医療従事者や製薬関係の研究者が行方不明になっていると、クライヴや翔吾から聞いていた。

「やはり、行方不明者の急速な増加に、過激派が関与していたのか……。何を企んでいる？　無差別テロの次は拉致か？」

ライネが責めるように言うと、日が入らない暗闇の奥から、椅子に座っていた人物が立ち上がった。

「――ライネ・キュレネンと、小泉の息子だな」

眉を上げてこちらを見つめ、口元に笑みを浮かべているのは、シルバーグレイの髪と灰色の瞳をした四十代半ばくらいの男性だ。彼を見たライネの顔に驚愕が浮かぶ。

「あなたは……ザクリスさん⁉」

その言葉に知里も息を呑む。人狼協会の会長の息子であるザクリスは、四年前のイェリヴァーレの事件で犠牲になったと父である会長が言っていたはずだ。

ザクリスが唇に不敵な笑みを浮かべ、啞然となっているライネの方を見る。

「わたしは高位種（エリート）だ。そう簡単に死んだりしない」

「生きて……いたんですか？　本当に？　それならなぜ、人狼協会に届けないんです？　みな、あなたが死んだと思っている。生きていると知ったら会長もどれほど喜ばれるか……それに、なぜ俺とこの子を……」

途切れがちなライネの声が小さくなり、ハッとしたように口元を引き締める。

「なぜザクリスさんが過激派の奴らと一緒にいるんです？　あなたは父である会長の後を継ぎ、共存派のリーダーだったはずだ」

ザクリスがライネに侮蔑の眼差しを向けた。

「そんなことがわからないほど、愚かな男ではないだろう、ライネ・キュレネン。わたしがここにいるのは、わたしが過激派のリーダーだからだ」

「過激派のリーダー？　ザクリスさんが……」

信じられないという表情のライネを一瞥し、ザクリスが窓ガラス越しに実験室を見つめ、満足そうに頷いた。

「あれを見ろ。もう少しでわたしの復讐が完成する。あと少しだ――」

「ザクリスさん、一体何があったんです？　なぜ過激派なんかと」

「なぜ？　なぜだと？」

険しい表情になったザクリスが、手を伸ばして言葉を遮るように、ライネの首を片手で摑んだ。

「ぐ――ぅっ」

喉を潰されるほど強く首を絞められ、両手を縛られたままのライネが苦しそうな声を上げた。

「ライネさんっ」

思わず知里が声を上げると、ギリギリと奥歯を嚙みしめたザクリスが目を血走らせて叫んだ。

「わたしは、最愛のつがいを殺した人間を決して許しはしない。あれは――命をかけてわたしを弾丸から守り、その場で息を引き取ったのだ。わたしのつがいだったのに……っ」

知里はハッとして、ザクリスの灰色の双眸を見た。狂気じみたその瞳からは、つがいを失った深い哀しみは窺えない。それでも人間への激しい憎悪だけは感じとれた。

「隔離病棟のハンターを始末しただけではわたしの復讐は終わらない！　わたしは愚かな人間をスウェーデンから排除する！　この国を人狼だけの国に作り替えるのだ！」

ザクリスが手を放すと、ライネが咳き込みながら壁に背を預け、崩れ落ちた。

「そのために、小泉のＵＳＢが必要なのだ。どこに隠した？」

知里を睨みつけ、ザクリスがゆっくり近づいてくる。背が高く、肩幅も広いザクリスから放たれる禍々しいほどの怒りのオーラに、知里の体が小刻みに震え出す。

それでも知里は懸命に喉を開き、声を上げた。

「こそこそと僕を付け回すように命じたのは、あなたですか」

ザクリスは片眉を吊り上げ、くくくっと笑った。

「なかなか気が強いな、小泉の息子は。そうだ。以前ストックホルム中央駅でビラ配りをしていたお前のバッグを奪うように人間を雇ったのも、今回のキルナでの白煙騒ぎや大木落下も、全てわたしが指示した。怪我をしたのはクライヴだったが、それはそれでよかった。共存派など、潰れてしまえばいい」

「俺の親友をよくも――」

荒い息をつきながら、ライネが立ち上がった。

「クライヴはあなたの後を継いで、共存派のリーダーになったんですよ。それなのに……！」

肩で息を吐くライネに、ザクリスが向き直る。

「わたしはイェリヴァーレの事件以降、考えを変えたのだ。我々人狼族は人間より格段に優れている。人間との協調を望む共存派のリーダーであるクライヴがいなくなれば、人狼協会もろとも簡単に潰せる。ライネ・キュレネン、過激派に入り、わたしに協力しろ。クライヴを葬り去れば共存派は腰砕けになる。そこを我々過激派が一気に叩くのだ」

一秒も迷うことなく、ライネが言い切る。

「クライヴは俺の親友です。裏切るなんてできません！　それに、俺は人間が好きです」

「貴様、わたしに逆らうのか」

「……はい」

「あれを見ろ」

ザクリスが一階の奥を指差した。実験室の奥には独房のような個室が並び、そこにいる人間は足首を鎖でつながれ、床に転がされている。

その中のひとりを見て、知里は窓ガラスに飛びつく。その一室に、変わり果てた英一郎がいた。

「……と、父さんっ!?」

彼は破れた白衣をまとい、ふっくらしていた体は別人のように痩せ、顔が真っ青だ。何か薬を使われているのか、うつろな目をして床に仰向けになっている。

「と、父さん……っ、父さん……」

窓ガラスに体をぶつけ懸命に叩くが、厚い防弾ガラスのような窓はびくともしない。

「どうして父さんを……っ」

知里が叫ぶように問うと、ザクリスが口角を上げ、冷徹な視線を向ける。

「わたしは三叉神経に働きかけることで興奮を助長する薬の研究を進めてきた。混血種（ノーマル）を強制的に獣化する薬の研究だ」

ライネが驚愕した。

「強制的に獣化!?　まさか……我々混血種（ノーマル）は、満月の夜にしか狼の姿になれない。それを……」

「痛覚を刺激して興奮を促すことで、月光を浴びずとも混血種（ノーマル）を獣化できるはず。しかも、強制的に獣化させることで理性を失い凶暴性が増し、兵器のように暴れるだけの別人格になるのだ。しかしまぁ、そんな魔法のような薬がそう簡単に成功するわけがない。理論は立てられても数値化は困難を極めていた。ロンドンでの学会発表で知ったが、小泉は神経の痛覚を緩和する薬の開発に携わっている。真逆の法則を使えばわたしが求める薬が完成するはずだ」

「なんてことを……っ、人狼を兵器にするつもりなのか！　かつて共存派のリーダーだった高位種(エリート)のあなたが、そこまで堕(お)ちるとは——」

「貴様らにつがいを失ったわたしの気持ちがわかるものか！　ＵＳＢはどこにある？　言え！」

知里は震える声で言う。

「——あれはもう処分しました。存在しません……っ」

「そんなに死にたいのか」

目を眇めたザクリスの顔から表情が消え、知里の腹に拳が叩き込まれた。

「——うぐっ」

衝撃に膝を着き、体を折る。

「小泉を吐かせればいいと思っていたが、あれは意外と頑固だ。まったく、人間の分際で手間をかけさせてくれるものだ」

冷たい声が落ち、ザクリスが力一杯知里を蹴り上げた。

「ぐっ……」

「知里くん！」

ライネの声が聞こえた直後、もう一度背中を蹴られた。呻いた知里の体が吹っ飛ばされて壁にぶち当たり、その場に倒れてしまう。

「お前の父親は、しぶとくデータの内容を話さない。自白剤を使おうにも、奴の脳にはそれなりの価値があるからな。狂ってしまっては元も子もない」

忌々しそうにザクリスが知里の頭を踏みつけた。

「やめろ！　その子に手を出すな」

ライネの声が響く。

「ほう、この人間がそんなに大切なのか」

「……ああ、大切な友人にそれ以上手出しはさせない」

見下すようにライネを見つめ、ザクリスが嘆息した。

「邪魔をするなら仕方がない。ちょうど混血種（ノーマル）のサンプルが欲しかったところだ。例の薬と、実験犬をすぐに持ってこい」

頬に痣のある男が「はっ」と頭を垂れ、弟と二人で部屋を出て行く。

「こちらが試薬品です」

じきに弟の方が戻り、数本の注射器が入ったケースをザクリスに手渡した。

二頭の大型犬を連れて、兄の方が戻ってきた。二頭とも首輪をつけられ、ひどく汚れた体をして、怯えている。

「いいか、よく見ていろ」

恍惚（こうこつ）とした表情を浮かべたザクリスが、怯える大型犬を押さえつけ、大腿部（だいたいぶ）に注射器を刺した。その瞬間、ビクッと体を震わせ、犬が叫び声を上げる。

「キューンッ、グッ……、ウ、オォォ……ッ」

鼻の頭に皺を寄せた犬が、よだれを滴らせながら牙を剝き、体を大きく反り返らせた。そのまま床に崩れ落ち、体を痙攣（けいれん）させ、動かなくなる。

もう一頭にも注射すると、今度は狂ったように頭を振り、「ギャンッ」と呻きながら、その場で仰向けに倒れた。

「痛覚への刺激が強すぎるようだな。凶暴化してもすぐに意識を失ってしまうのでは意味がない。だが犬には強すぎる薬でも、人狼ではどうだろう。ふふふ……、月光がなくても混血種(ノーマル)を強制的に獣化し、凶暴化できるか見てみたい。ライネ・キュレネンには人体実験のサンプルになってもらおう」

「っ、やめろ！　ザクリス！」

両手を縛られたライネが長い足を蹴り上げ、銃を構えている男達をなぎ倒す。しかし、すぐにコンクリートの床が火花を上げた。他の男が銃を構えてライネの足元を撃ったのだ。

「――ちっ」

ライネが呼吸を荒らげながら、周囲を見渡し、動きを観察している。

「おいおい、お前が抵抗するなら、この人間を射殺するぞ」

ザクリスが知里を顎でしゃくると、ライネがぐっと息を呑んだ。

「――その子には手を出すな」

「ライネさん……っ、ぐっ……」

ザクリスに腕を摑まれ、乱暴に壁に押し当てられ、知里が呻く。

「さあ、人狼が凶暴化するとどうなるか見せてくれ。実に興味深い」

ザクリスがニヤリと笑う。ライネが頭を横に振り、観念するように項垂れた。

「――ライネ・キュレネン、世界的に著名なカメラマンだったのに……本当に残念だよ」

ザクリスは知里を投げ飛ばすと、注射器を手に、ライネに近づく。

腕を摑まれたライネはぎりっと血が出るほど強く唇を嚙みしめた。抵抗すれば、知里が撃たれるので、何もできないのだろう。

「そんな……やめて！　ぼ、僕がその実験のサンプルになるっ、だからライネさんを放せ……っ」

　叫んだ知里を一瞥し、ザクリスが片眉を上げる。

「人間のサンプルは間に合っている。欲しいのは人狼の新たなサンプルだ。くれぐれも、あの犬のようにならないでくれよ」

　無残に横たわり、ほとんど意識がない二頭の実験犬を見つめ、知里の目に涙が浮かぶ。

「ライネさんっ」

　知里が叫ぶと、ライネが振り返った。諦念の表情で静かに告げる。

「――知里くん、クライヴのことを頼む……！　テオドルのことも……。俺は、人狼の混血種（ノーマル）として生まれ、大切な仲間と出会えたことを心から誇りに思っている――」

「ライネさんっ!!」

「さあ、立派なサンプルになってくれよ、ライネ・キュレネン――」

　太い声でつぶやき、ザクリスがライネの腕に注射しようとしたまさにその瞬間、ドオンッと大きな音が響いた。

　周りを固めていた男達が銃を構え直す間もなく、壊された扉から一頭の金狼が疾風の如（ごと）く飛び込んでくる。

「クライヴさんっ!?」

「クライヴ!!」

　知里とライネの声がこだました直後、金狼が咆哮を上げ、注射器を握っているザクリスの腕に鋭く噛みついた。

「うおっ……、まさか……っ、クライヴ・フォルリングか！」

ザクリスの足元で注射器が粉々に砕けて落ち、ようやく男達が銃弾を放つ。その弾丸の間を縫うように金狼が跳躍した。

「ウオオォォ――ッ」

「ひいいいぃぃぃっ」

男達の野太い悲鳴が轟（とどろ）き、金狼が彼らの肩に牙を立て、蹴散らしていく。男達は次々に気を失ったり、その場に倒れたりし、残っているものも敵わないと諦めて逃げ出した。

金色に輝く毛並みに鋭い青色の双眸、がっしりとした四肢、逞しい筋肉質の胴体……獣化したクライヴが凛々（りり）しく耳と尾を立ち上がらせている。

大木の下敷きになって負った怪我が気になったが、金狼は軽やかにザクリスの胸元に飛びかかった。

「くそっ、クライヴ・フォルリングめ！」

叫んだザクリスが、破れた衣服を宙に舞い散らせながら、瞬時に灰褐色の狼に変身する。

「ウオオオオォォッ」

「グルルルルルッ」

互いに低く唸って牽制（けんせい）し合い、牙を剝いて正面から激しくぶつかり合う。

「クライヴ！　気をつけろ！」

「クライヴさん……っ」

ライネと知里が思わず叫ぶ。

灰狼が頭突きで金狼を吹っ飛ばしたが、激突する寸前に四肢で壁を蹴り、体勢を立て直した。そのまま灰狼の喉元へ勢いよく飛びかかる。

（すごい、動きが速すぎて、目で追うだけで精一杯だ）

高位種同士の戦いはすさまじく、知里が唖然となっている間に、灰狼が突然知里の方へ跳躍した。

「グオォッ」

「知里くん！」

ライネが素早く知里に体当たりをして突き飛ばしてくれたおかげで、床に倒れて無事だった。

「ウゥ――ッ」

知里を狙われたことで、金狼が怒りの声を上げ、下から飛びかかるようにして灰狼に噛みつき、ものすごい力で引き倒す。

たまらず灰狼が後ろ脚で立ち上がり噛みつこうとするも、それを避けた金狼に頭突きを食らわされ、倒れて壁に背をぶつけた。灰狼が怒りの声を上げる。

「グォオオオォ――ッ」

怒りに任せて噛みつこうと飛びかかってきた、その瞬間を逃さず、金狼が灰狼の喉元に鋭い牙を食い込ませた。

「グォッ！　ググゥ……ッ、ウォオォォォ――……」

灰狼の悲鳴が響き、狂ったように暴れながら、ザクリスは人型に戻った。

「が、はぁ……、あぅ……ッ」

四つん這いのまま、呻き声を漏らすザクリスの首元からは鮮血が流れ、息も絶え絶えになっている。

クライヴも瞬時に人型に戻った。荒い呼吸を繰り返しながらも、体を震わせているザクリスを見下ろして声をかける。

「ザクリス、それほど傷は深くないから安心しろ」

「くっ……ぐぅぅ……っ、うう――ッ」

ザクリスの呻き声が部屋に虚しく響いている。

「クライヴさん、怪我は？　大丈夫ですかっ」

知里が駆け寄ると、彼はふっと目元を緩めて腕の拘束をといてくれた。

「君は無事か？　ライネも……」

クライヴが素早くライネを抱え起こすと、間一髪で助かったライネが、ほっと安堵の笑みを浮かべた。

「助かったよ、クライヴ。今回は本当に危なかった……」

クライヴがライネの肩をそっと抱き寄せた。

「ライネ、知里を守ってくれてありがとう」

「友人を守るのは当然のことだよ。それに知里くんは勇敢にも俺をかばおうとしてくれた。ありがとう」

「いいえ、ライネさん、僕の方こそ、本当にありがとうございます。クライヴさん、あの、よかったらこれを着てください」

全裸のままのクライヴを直視できず、棚に置かれた白衣をクライヴに差し出した。

「ありがとう――」

クライヴが腕を通すと、ライネが首を捻った。

「それにしても、クライヴ、どうしてこの場所がわかったんだい？　……と言うか、ここはどこだろう。国内なのかな」

「ここはスウェーデン北部の樹海だよ。人狼協会でマークしていた過激派の一員が、大北方戦争時代の旧輸送基地に出入りしているという情報を得たんだ。そこへライネと知里に似た二人が連れ込まれたと協会から連絡があって、すぐに駆けつけた」

クライヴは居ても立ってもいられず、病院を飛び出してきてくれたのだった。

その後、人狼協会の調査員達が雪崩れ込むように入ってきた。ライネを縛っていたワイヤーロープを外し、ザクリスの敗北に狼狽しながら逃げ出そうとした過激派の人狼達を捕縛していく。

「ま、まさか、ザクリス殿……？」

協会側の人狼がぎょっと顔を強張らせる中、血の気の失せたザクリスの口元に、ニヤリと満足そうな笑みが刻まれた。

「後悔は、ない……わたしは、復讐して、やりたかったのだ……」

知里は何も言わず、ザクリスの裸体にそっと白衣をかけた。

「……」

ちらりと胡乱な眼差しを知里へ送り、ザクリスは傷口を押さえて立ち上がると、協会の人狼達に連行されて行った。

窓ガラス越しに、実験室にいた拉致され強制的に製薬させられていた人々が、協会関係者に付き添われて保護されていくのが見える。

「父さん――っ」

知里は部屋を飛び出した。階段を駆け下り、実験室の奥の独房へと走る。二階から見て英一郎がいる個室はわかっているが、入り口には鍵がかかって扉が開かない。

「知里、カードキーだ」

白衣姿のクライヴがキーを差し込むと、カチッと音がして扉が開いた。

「父さん！」

狭い室内はベッドも窓もなく、英一郎は眠るようにして床に倒れていた。床の中央から鎖が出て、英一郎の足首にがっしりとはまっている。

父はどれほどひどい扱いを受けてきたのだろう。憤りと悲しみが知里の胸を貫き、瞳から涙があふれた。

「父さん……、僕だよ。知里だよ……っ」

駆け寄って別人のように細くなった英一郎を抱き起こした。

「ち、さと……？」

弱々しく呼吸しながらかすれた声を出し、薄い瞼が持ち上がる。

知里の姿を確認した途端、英一郎が呻くような声を出した。

「う……、逃げろ、知里……っ、早く、逃げ……」

「大丈夫だよ、父さんを拉致して、無理やり研究結果を奪おうとした奴らは捕まったんだ。だから……」

信じられないというように目を見開いた英一郎が、子供のように知里にしがみついてきた。

「知里……、ああ、会いたかった、知里……」

抱きしめている手に力を込めると、英一郎が弱り切った両手を伸ばして、懸命に抱き返してくれた。

10

ザクリスと過激派のもの達が人狼協会に連行され、捕らえられていた研究者達が無事に保護された。

英一郎はイギリスでの学会の後、過激派に攫われ、スウェーデン北部の樹海の巣窟に捕らえられていた。

英一郎を含め拉致されたもの達は、人狼について何も知らされないまま製薬を強制され、心身共に衰弱していたが、幸い誰ひとりとして命に別状はなかった。

彼らは体力回復と精神面でのサポートを必要とし、入院して医師の元で治療を受けた後、それぞれ家族のところへと帰ることになっている。

過激派によるスウェーデン一斉武装蜂起を企んだザクリスは、対人間拉致罪で、人狼協会の本部にある地下牢に入り、監視されながら生涯をそこで過ごすことが人狼裁判で決定した。

会長は息子の生存と犯罪を知り、涙を流しながら改めて過激派の終息に力を注ぐと宣誓した。

ザクリスという指導者を失った過激派は、人狼協会の働きもあり一気に弱体化し、鎮静の兆しを見せている。

そして、人狼協会とスウェーデン政府の秘密裡の話し合いで、今回の一連のテロと行方不明事件は医療テロ組織の犯行とマスコミに発表された。

ようやく事件が落ち着き、拉致されていた人々が元の生活へ戻って行った頃、英一郎も日本へ帰国できるまでに回復した。

フィンランドでの仕事がようやく終わり、スウェーデンに戻った翔吾が、知里と一緒に英一郎を見舞った。

「義兄さん、体調はどう？」

病室のベッドで横になっていた英一郎が、翔吾と知里の来訪に笑顔で起き上がった。

「父さん、無理しないで。寝てていいよ」

「いや、もうすっかり体調はいいんだよ。そろそろ退院できそうなんだ」

「本当によかった。義兄さんを拉致したのは、医療テロ組織なんだって？　警察の人が説明にきてくれたよ。ひどい目に遭ったね」

翔吾の言葉に、英一郎は眉を下げて頷いた。

「本当に怖かったよ……知里や翔吾くんにも心配をかけたね」

「父さん……」

知里が英一郎の手を両手で握りしめる。翔吾が持ってきた紙袋を英一郎の前に差し出した。

「これ、お見舞い。ストックホルムで美味しいって有名なお店のプリンだよ。義兄さんまでプリン好きとは知らなかった。知里くんもオレも大好物だから、義兄さんが退院した後、プリンパーティを開こうよ」

英一郎が目を細めてごくりと喉を鳴らす。

「いいねぇ、プリンパーティか、楽しみだよ」

紙袋を開けて、知里が小さく笑った。

「父さん、このプリンのセット、四個入りだよ」

「それじゃあ余った一個は三人でジャンケンしよう」

提案した翔吾を英一郎があわてて肘でつついた。

「おいおい翔吾くん、誰のお見舞いなんだい？」

「義兄さんは食べすぎたらまた太っちゃうから」

そんなことを言いながら、三人でお土産のプリンを賑やかに頬張った。有名店で買ったというプリンは風味が格別で、うっとりするほどなめらかで美味しい。

「……恐ろしい目に遭ったが、体力も回復したし、そろそろ日本に帰って、仕事復帰のことを考えないといけないなぁ」

「義兄さん、会社に連絡は？」

「ん、大丈夫だよ」

英一郎は勤務先の製薬会社に事件に巻き込まれたことを説明し、体力が回復しだい、職場に復帰することが決まっている。父が友人の杉元氏に電話すると、電話口で泣きながら喜んでくれたらしい。

「退院したらすぐに日本へ帰るの？　せっかくだからスウェーデンでゆっくりしたら……？」

知里の声に英一郎は小さく首を振る。

「そうだなぁ、ゆっくりしたいが会社の方にも迷惑をかけているから、来週には日本へ戻ろうと思う。……知里も一緒に帰国するだろう？」

英一郎に訊かれ、知里はパチパチと目を瞬かせる。

「えっ、僕も……？」

「そうだよ、大学の夏季休暇が終わって、講義が始まるだろう？」

「あ……僕も、日本へ……」

肩を落とす知里に、翔吾が笑いながら肩を叩いた。

「知里くんはすっかりスウェーデンが気に入ったんだね。オレの家に自由に泊まっていいから、いつでも遊びにおいでよ」

「……」

こくんと頷いて、知里は窓の外をぼんやり見つめる。灰色の厚い雲に覆われ、青空が見えない。

病院を出て携帯電話を確認すると、クライヴからメールが届いていた。

『ようやく時間が取れたよ。今夜、夕食を一緒に食べよう』

ザクリスの事件以来、クライヴは投資家としての仕事だけでなく、人狼協会のことでも多忙を極めていたので、ゆっくり会えるのはとてもうれしい。

夕方になると曇天の空から雨が落ちてきた。待ち合わせていたレクサンド駅まで急ぐと、クライヴは高級車の中で待ってくれていた。

「クライヴさん……っ」

「知里——」

駆け寄ると、車から降りたクライヴがぎゅっと強く抱きしめてくれた。逞しい体の中で蕩けてしまいそうになり、彼の背中にしがみつく。細い糸のような雨が音もなく二人を包んでいる。

「英一郎氏の具合はどう？」

「すごく元気になっています。もうすぐ退院できることになりました」

「そうか、よかった」

「……」

彼がコツンと額を合わせて訊いてきた。

「どうした？　不安そうな表情をしているよ」

勘のいい彼に隠し事はできない。知里は小さく頷き、低い声で告げる。

「父さんが退院したら、日本へ戻ると……僕も大学があるからって……」

「――知里、君はどうしたい？」

静かなクライヴの問いに、知里は色が変わるほど強く手を握りしめる。

「僕は……スウェーデンに残りたいです」

クライヴのそばを離れたくなくてそう答えると、彼は穏やかに微笑して知里の頭を優しく撫でた。

「ありがとう。うれしいよ。私も君に残ってほしい……でも、君はまだ学生だ。ちゃんと大学に通った方がいい。私は君の獣医になるという夢を奪いたくないんだ」

「……でも、スウェーデンと日本は遠いです」

クライヴに会えなくなるのは、身を切られるほどに辛い。彼のそばを離れたくない。

そう言ってすがりついてしまいたかった。でも、クライヴの真摯な表情を見て、できなくなる。

「大丈夫だよ、知里――私が日本へ行く。それに毎日、メールを送るよ」

「クライヴさん……っ」

クライヴの瞳が揺れているのを見て、じわりと熱い気持ちが込み上げ、強く拳を握りしめた。

彼だって寂しいのに、知里の未来を考えて日本へ戻れと言ってくれている。

「知里……、君が大学を卒業したら、すぐに迎えに行く。それまで私も我慢するからね」

「わかりました」

離れ離れになる寂しさが胸を突き上げるが、彼に相応しい人になるため、知里は全力でその気持ちを抑える。

寂しくても我慢する。強くなりたいと思う。人狼で共存派のリーダーを務める彼とこれからずっと一緒に生きていきたいと思うから……知里は背筋を伸ばして真っ直ぐにクライヴを見つめ、もう一度深く頷いた。

絹糸のような雨はじきに上がり、クライヴが車の助手席に知里を乗せ、二人でストックホルムの人気レストランで美味しい夕食を摂った。

その後、エステルマルムのクライヴの屋敷まで車を走らせた。リビングに入ると甘い匂いが漂い、ライネとテオドルがフィーカの準備をしている最中だった。

「おかえりなさい、クライヴ様……っ、うわっ、またこのチビが……」

渋面になったテオドルの隣で、ライネがコーヒーカップをソーサーに戻し、優しく微笑む。

「やあ、知里くん、いらっしゃい」

「こんにちは、ライネさん、テオドルさん」

ザクリスにあと少しで人体実験のサンプルにされるところだったライネは、危機一髪で助かった後も今までと変わらず、カリスマカメラマンとして世界中を自由に撮影しながら、こうしてクライヴの屋敷で飄々と暮らしている。

「クライヴ様、フィーカしましょう。――ついでにそこのチビも」

「え、僕も？」

テオドルから誘ってくれるなんて珍しい。ぱちぱちと目を瞬かせていると、クライヴが知里の腕を摑んで言った。

「ありがとう、だが、私と知里は忙しくてね。今回は遠慮しておくよ。……それから、知里は今夜私の部屋に泊まっていくから。——知里は私のつがいなんだ」

もう少し状況を考えて話してくれるのかと思っていたら、開き直ったようにあっさりと関係を打ち明けられてしまい、知里は真っ赤になって身を縮めた。

「はあっ!?」

仰天したテオドルが目を見開き、震える声を出す。

「ク、クライヴ様、ま、まさか……そのチビが……つがい……？　本当に？」

ライネが「まあまあ」と言いながら、テオドルの肩を叩き、クライヴにウインクした。

「うまくいったようでよかったよ」

「ライネ、君のおせっかいに感謝している」

「キルナでどうやって知里くんを口説いたのか、初夜の話を聞きたい。親友として興味がある」

「——何を言ってるんだ」

ニヤニヤ笑うライネから視線を逸らせ、クライヴが照れたように前髪を搔き上げた。

その様子にライネがヒュウと冷やかすように口笛を吹く。

「こんな照れたクライヴを見るのは初めてだ。カメラで撮っておきたいよ」

「——とにかく、知里は私のものだ。手を出さないでくれよ」

「はいはい、わかっているよ」

ライネがくすくす笑っている。テオドルが両手を組んで立ち、知里を見て眉を上げた。

「おいチビ、お前に言っておきたいことがある」

真剣なテオドルに気圧されながら、知里が目を瞬かせた。

「はい……？」

「クライヴ様はお前をかばって怪我をした。でもお前はチビのくせに、事故直後に狼になったクライヴ様を抱き上げて運んだと聞いている。おかげで、クライヴ様は誰にも狼の姿を見られずに済んだ。四年前の惨事につながっていたかもしれないから、そのことは礼を言う」

不機嫌そうな声音でそれだけ言うと、テオドルはツンを顎を上げ、そっぽを向く。

「つまり、テオドルは知里くんのことを認めたってことだよ。テオドルは四年前の事件で父親を亡くしているから、知里くんがクライヴを助けたことがすごくうれしかったんだ。彼の母親は人間だし、テオドルは本当は知里くんと仲良くなりたいんだと思う。こういう性格だからなかなか素直になれないけど、許してあげてね」

「ライネ！　何をぺらぺらしゃべってるんだ。ボクがこんなチビと仲良くなりたいわけがないだろ！いい加減なことを言うな、バカッ」

テオドルの上ずった怒声が庭園に響き、知里の顔に笑みが浮かぶ。クライヴが穏やかな口調で言った。

「知里――おいで」

クライヴに背中と膝の後ろに手を回され、優しく抱き上げられた。

「あっ、クライヴさん……っ」

花嫁のように抱かれた知里が頬を朱色に染めて戸惑っていると、ライネがこちらを見て手を振り、テオドルが真っ赤になって悔しそうな顔で地団太を踏んでいるのが見える。

クライヴは軽やかな足取りで知里を抱えたまま、二階まで螺旋階段を上って行く。

クライヴの寝室へ入ると、大きなベッドの上にそっと座らせられた。青色の瞳がじっと知里を見つめ、優しく髪を撫でる。

「私が愛しているのは世界中で君ひとりだ。……知里、今度こそ私のつがいになってくれるか？」

大切にしてくれ、いつも知里の気持ちを尊重してくれるクライヴに請われ、彼の誠実さを感じながら、知里は深く頷いた。

「僕はクライヴさんのことが好きです。僕の方から頼みます。つがいにしてください……っ」

「知里――」

抑えきれない、という表情のクライヴに強く抱きしめられ、唇が重ねられる。

「ん……っ……」

唇を辿るような優しく啄むようなキスに焦らされ、体の奥からずきずきとした疼きが湧き上がり、胸の奥から彼への愛しさがあふれ出す。

「知里、本当にいいんだね？」

「はい、僕にはクライヴさんしか愛せません。これから先もずっと……」

「ああ――私もこれから先、君しか愛せない」

熱を帯びた甘い声に小さく微笑み、恥ずかしい気持ちを抑えて自分で服を脱ごうとすると、クライヴに「私が脱がしたい」と囁かれ、かっと全身が熱くなった。

灯りを絞った室内で、クライヴは知里のシャツを優しく脱がせ、ズボンと下着を奪った。羞恥で体を強張らせていると、くすっと笑ったクライヴが知里の耳朶に甘く噛みつき、ふわりと妖艶に微笑んだ。

「好きだよ、知里……、緊張しないで……」

クライヴは自分自身も素早く服を脱ぎ捨てた。それをベッド下に落とし覆いかぶさってくる。彼の逞しい裸体を見るのは二度目だが、初めての時と同じくらい心臓が高鳴ってしまう。

「あ、あの……っ」

真っ赤になって動揺する知里を見つめ、クライヴが吐息で笑った。

「そんな可愛い顔で私を煽らないでくれ。優しくできなくなるよ」

優しいキスが落とされた直後、甘い香りが二人を包み込む。

「あ……クライヴさんの甘い匂いが……」

「君の香りだ。私の知里――」

頬を優しく撫でられ、その手が首筋から胸に下りていく。彼の指先が乳首で止まった。

「君の乳首は小さくてとても愛らしい。吸い付くような肌の感触も素晴らしいよ」

「クライヴさん……」

知里は自分の体を貧相だと思っているので、褒められると安堵が胸の中に広がる。

屈むようにして、彼が胸に顔を埋めてきた。唇と舌で乳首を愛撫し始め、やわらかな突起を甘く噛みしだかれる。

知里が喉を仰け反らせると、硬くなった乳首を熱くぬるついた舌先で舐め回された。

「……あぁ……っ」

「君は敏感だね。そして胸が弱点だ」

彼は唇を滑らせるようにして乳首から腹部を優しく舐め、下肢の付け根を見つめてくる。

「あっ、や……み、見ないでっ」

知里が真っ赤になって懇願すると、クライヴが優しい笑顔を浮かべた。

「君はここも可愛らしい。食べてしまいたくなる」

「あ……、クライヴさん……っ、恥ずかしいです……」

雄々しい彼の灼熱と比べると自分の小さな分身が居たたまれない。羞恥で身をよじろうとすると、やんわりと勃ち上がった分身を摑まれた。ビクッと腰が震え、愛しいクライヴの手に包まれた尖端がジンと疼く。

ゆっくり扱(しご)かれてじわじわと甘い痺れが走り、そこからじわりと蜜が滲んだ。

「あぁ……っ」

興奮してさらに赤くなる頬と、荒くなっていく呼吸が恥ずかしくて、手の甲で口元を隠すと、彼がその手を摑んで頭上に縫い留めた。

嚙みつくように乱暴に口づけられ、唇を割って熱い舌が侵入し、ぬるりとした感触に肩が小さく震え出した。口腔内を蹂躙(じゅうりん)しながら舌を深く絡められ、喘(あえ)ぎ声が漏れてしまう。

「んんぅ……、ん、ん……」

舌先で粘膜を舐め上げられ、濡れた音を立てて舌同士が絡み合う。やわらかな舌で口の中を掻き回され、彼の巧みな舌遣いに身悶えた。

小さく震える知里を見て、クライヴの唇に笑みが浮かび、啄むようなキスの後、サイドテーブルからローションを取り出し、指先につける。

「まだ体が強張っているね。もっと力を抜いて」

ゆっくりと、狭い窄まりの入り口にローションを垂らし、彼の指が挿入される。

「く……っ、あ、あ、……クライヴさ……んっ」

圧迫感と共に、敏感な粘膜を擦り上げる指の動きが伝わり、知里の体がぴくぴくと跳ねた。

「君の中はきつくて熱い」

クライヴが熱い息を吐いた。ぐりっと感じやすい粘膜を穿たれ、知里の前の分身が張りつめていく。

「ああっ、ん……っ、はぁっ、はっ……」

後孔の中が熱く溶けそうになり、緊張して固くなっていた体から力が抜けていく。

「知里――君の中に入らせて」

指が抜かれ、腰をしっかりと抱え直すと、クライヴが灼熱を押し当てた。熱く滾る感触に、腰が小刻みに震え出してしまう。

「クライヴさん……」

息を詰めていると、彼の分身がやわらかく解された後孔の肉を割った。ぐぐぐっと硬く太いものが押し込まれ、知里はひくっと喉を震わせる。

「あ、あ、あっ……、お、奥まで……っ」

狭道を押し広げながら、彼の分身が入ってくる。思わず息を止めると、強張った知里の頬にそっと手を置かれ、優しく撫でながら唇が合わされた。

「……んんぅ、あぁっ、く、はぁっ……」

狭い襞が押し開かれる感覚と、目の前で眉根を寄せたクライヴの美貌にドクドクと鼓動が速まっていき、心臓が壊れそうだ。

内壁が喜び、絡みつくようにきゅっと彼の分身を締めつける。中へ侵入してくる硬さと熱さに、白い喉を反り返して喘いだ。

「ひぅ……っ、あぁぁ……っ、んんぅ……」

「知里……」

ピクピクと体を震わせ、思わず逃れようとする知里の腰を掴み、クライヴは角度を変えてさらに奥深くまで擦り上げてくる。

「あっ、んんっ、そこ、あ、あっ……」

焼けつくような熱に包まれ、瞼の裏がちかちかと光る。

「君の感じるところは、ここだね？」

グチュッと濡れた音を響かせ、すっかりほころんだ粘膜が勢いよく穿たれた。

「あぁあっ、あっ……あ――っ」

彼の分身が奥まで達し、根元までしっかり収めると、クライヴが愛しそうに知里を見つめ、熱のこもったため息をついた。

「知里の中は熱くてすごく気持ちいい。君は大丈夫か？」

労るような眼差しで見つめる彼のことがさらに愛しく感じられ、逞しい体に腕を回し、気持ちを吐露する。

「大丈夫です。僕、クライヴさんのことが本当に好き……大好きです……」

「——知里……、君は私だけのものだよ。これから先もずっと……」

クライヴが愛情を抑えきれないような表情になり、体の中の彼の分身がさらに硬さと大きさを増した。

「少しだけ動くよ。辛かったら言って」

彼が腰を動かし、抽送を始めた。大きく前後に揺らされ、熱い襞が引き攣れて、クライヴと触れ合っているところがジンジンと痺れたように疼き出す。

痛いような甘いような強すぎる刺激に、知里は彼の背中をしっかりと両手で抱きしめ、夢中になって喘いだ。

「ひぅ、あっ、あぁ……っ、気持ちいい……っ……」

思わず気持ちいいと言ってしまい、恥ずかしさと幸福感が混じった表情で見上げると、クライヴが切なそうに眉を寄せ、唇を噛みしめている。

「私も気持ちいいよ。知里——」

波打つような律動が速まり、奥深くまで一気に突き上げられて腰を揺らされる。その動きに甘い官能が刺激されて、意識が飛んでしまいそうになった。

「あ、あぁ……っ、はぁ、あ、あぁぁ……」

雄々しく張り出した亀頭部分が、内壁の感じやすい粘膜を穿ち、知里は我を忘れて快楽の波にもまれる。

「知里……っ、知里——」

切ないような声音で名を呼ばれ、知里の中がピクピクとわななき、前が痛いほど張りつめた。

ずんっと硬い切っ先で激しく敏感なところを下肢が密着するまで責め立てられて、体の奥深い場所で痺れるような快感が弾ける。

「はぁぁぁっ、あぁっ、……あっ……ん、……っ」

「君の中は最高だ……私の知里――」

クライヴの唇が何度も知里の唇に触れる。啄むように触れては離れ、深く口づけられたまま、揺さぶられる。強く抱きしめられ、突き上げられ、知里はシーツを懸命に握りしめた。

「……あぁんっ、あっ……あっ、ふぁあ……っ」

緩急をつけて動き出したクライヴにもみくちゃにされて、快感が込み上げ、たまらずしなやかに背を仰け反らせた。

蕩けた狭道を限界まで満たされ、内股が小刻みに震え、引き攣っている。

「……あっ、う……っ、い、いぃっ……はぁ、ぁっ……、僕、出て、しまう……っ」

疼きが全身を駆け抜け、体だけでなく思考まで乱される。さらに速さを増した律動に絶え間ない快楽を与えられ続け、鋭い愉悦に意識が霞(かす)んでしまいそうになった。

クライヴが息を弾ませながら甘く苦しそうな顔で微笑んだ。

「君が感じてくれているのはすごくうれしいよ。好きな時に達してくれていいからね」

優しく囁かれた後、続けて突き上げられ、胸の中が至福の想いで満たされていく。

「僕……、クライヴさんと出会えて、よかった……っ、好きです……っ」

想いを吐露しながら、彼の背中を抱く腕に力を込める。自ら言葉にした想いに胸が切ないほど締めつけられた。

「私も君を愛している。初めて会った時からずっと私には君だけだよ――」

「あ、……あぁっ……クライヴさん……っ」

感じるところを何度も抉るように突き上げられ、下腹部の奥で官能が急激に膨らみ、目の前が白く明滅する。

「あっ、あ、あ、……いく、クライヴさ……っ、ああ……っ」

「――知里……君のうなじを噛んでいいか？」

真摯な瞳でじっと見つめるクライヴの表情に、胸の奥がジンと痺れ、全身が熱くわなないた。

「クライヴさん……っ、噛んで……、……噛んでください」

甘く痺れる体を小刻みに震わせ、彼の首筋にしがみつくと、掻き抱くように強く抱きしめられる。

「生涯、君だけを愛すると誓う」

艶やかな声で言い放たれた後、自然と知里の唇から言葉が紡がれていた。

「僕も、クライヴさんだけを一生、愛します」

クライヴの唇がうなじに触れる感触に、鋭い喜悦が全身を貫く。鮮烈な快感に包み込まれ、知里は目に涙を浮かべて彼の肩にすがりついた。

「……あ、あぁ……っ」

神の祝福を受けているような温もりに包まれ、恍惚を覚えて身をよじった刹那、うなじが焼け付くように熱くなった。

「はぁっ……、あぁ……、ん、んんぅ……」

体が千々に引き裂かれるような感覚に襲われ、うなじと共に左胸に衝撃が突き抜ける。ピクピクと体を引き攣らせると、クライヴがしっかりと抱きしめてくれた。

「大丈夫か、知里――」

「僕……」

目に涙を浮かべて、先ほどまで燃えるように熱かった左胸を見つめる。そこにはリング型をした幾何学状の紋章が刻まれていた。

「……これは」

驚いている知里の髪を撫でながら、クライヴもわずかに目を見開いた。

「これがつがいの証か……。私も初めて見た。これはつがいの二人にしか見えないんだよ」

「えっ、そうなんですか？」

「知里、私の胸にも、同じ紋章が浮かんでいる。君には見えるだろう？」

バッと顔を上げると、確かに、彼の胸にも同じ紋章が浮かんでいる。

「見えます！　よかった……」

「これは私達が夫婦である印だ」

「クライヴさん……っ」

愛しい人とつがいになれた歓び(よろこび)に、知里は広い背中に手を回して抱きつく。

「知里――……」

再び敏感な粘膜を押し広げながら、クライヴの分身が大きく動き始める。

「あっ、あっ、ク、クライヴ、さ、……っ」

とろとろになった粘膜が彼の分身に絡みつき、誘うように蠢くと、クライヴが「くっ」と感じ入った声を上げた。

体内で暴れる彼の分身がさらに大きさと太さを増し、粘膜が限界まで拡げられて、快感の波に体が揺れてしまう。

「愛している、知里――」

かすれた熱い声音と共に、ぐっと腰を奥まで入れられ、押し回されて、甘く苦しい愉悦に切なく喘ぐ。感じる粘膜を重く抉るように突き上げられ、知里は蕩けそうになる快楽に体を震わせた。

「ひ……、あ……、いく……っ、……あ――っ、あぁぁ――っ」

甘美な快感が抽送と共に跳ね踊り、意識が真っ白に飛んでしまう。その直後、彼の分身が最奥の最も敏感な場所を深く抉った。

あまりの気持ちよさに蕩け切った狭い窄まりがきつく収縮し、彼の灼熱を強く刺激する。

クライヴが己の怒張を突き入れ、腰を押し回した瞬間、知里の口から甘いすすり泣きが漏れた。

「あぁっ……！　クライヴさん……っ」

「知里――……」

彼の熱くかすれた声が耳朶を打ち、下腹部に溜まった熱をこらえ切れずに、知里は甘い声と共に分身を弾けさせた。脳髄が痺れたような強い快感が全身を駆け抜ける。

「ああぁっ！　ああ――……っ」

「知里――……っ」

彼が強く抱きしめながら、腰を大きく突き入れてくる。体がぴたりと合わさり、内壁を焼くような飛沫の熱さに、達したばかりの知里の体がぶるりと震えた。

意識が飛びそうになった直後、愛しい恋人が体を強張らせた。

「知里——愛している……君は私だけの……つがいだ……」

クライヴの唇から低い呻きが漏れ、たっぷりと中に熱い飛沫が注ぎ込まれた。はぁはぁと胸を大きく上下させ、つがいとなった彼の体液を受け止めた知里は、この上ない幸福を感じて手足から力を抜いていく。

「上手に達けるようになったね、知里」

「クライヴさん……」

体を弛緩させると、呼吸を荒らげる知里をクライヴが強く抱きしめ、つむじにキスが落とされた。

「ああ、君のことがこんなに愛しい……本当に幸せだ……」

吐息と共に囁いたクライヴに髪をくしゃくしゃと撫でられ、優しく口づけられる。

北欧の夏は短く、澄んだ夜の空気はすでに冷気をまとっている。寂寞の想いが胸を満たしていくが、これからは離れていても、決してひとりではない。

「大切にする。大学を卒業したら、私のそばにずっといてくれ」

「……はい。それまで僕も我慢します。卒業したら、クライヴさんのそばに置いてください」

クライヴは碧眼の双眸を緩ませて微笑み、指先を絡めて甘く囁いた。

「愛している……。もう何があっても、私は君を離さない。私は君なしでは生きていけないから……」

「……クライヴさん……」

耳元で甘く囁かれ、ゆっくりと彼の美貌が近づいてくる。知里が目を閉じると、引き寄せられるように唇が重なり、あたたかな温もりに包まれた。

薄く開いた窓から入ってくる夜風が二人の火照った体を優しく包み込み、やわらかな月光が祝福するように降り注いでいた——。

エピローグ

パソコンの前に座り、テオドルはクライヴ宛てにメールを転送すると、茶色の瞳を眇めるようにして窓の外を睨んだ。

小泉知里が父親と一緒に日本へ帰国し、ひと月が経つ。

季節は秋を過ぎ、エステルマルムでも肌寒い風が吹くようになった。少しすると薄暗く寒い日が続くようになり、コートが必要になるだろう。

「まったくもうっ、クライヴ様ったら、今週末もまた、日本へ行ってしまって」

思わずつぶやき、テオドルはため息をついた。

テオドルは母親が人間で、父親が人狼の混血種（ノーマル）という、半人狼として生を受けた。優しくて大好きだった母を交通事故で、尊敬していた父を四年前のイェリヴァーレの事件でそれぞれ亡くし、元々、気難しい性格で、友達も少なかったテオドルは孤独に陥った。仕事も続かず、住む家を叔母夫婦に奪われ、困っていたテオドルに唯一親切にしてくれたのが、クライヴだった。

どこへ行っても仕事がうまくいかなかったテオドルを個人秘書として雇ってくれ、住むところがないとわかると、屋敷に住まわせてくれた。

クライヴはテオドルにとって、この世で最も敬愛する兄であり、父であり、唯一の家族だ。

「それをあんなちんちくりんに……っ」

クライヴなら、相手が王族だろうが、女優だろうが、選びたい放題なのに、ごくごく平凡な日本人大学生、しかもチビの知里を選んでしまった。チビと言っても、一七〇センチのテオドルと同じくらいの身長だが。

なかなか愛らしい顔立ちをしていると思うし、意外にも芯が強く、クライヴのことを挺身して守ろうとしたこともあり、ただの足手まといなだけではないことは、重々承知している。

それでも、いつも冷静で優しいクライヴが、知里のことになると熱を帯びた目で語り、多忙な中を毎週のように日本まで会いに行くのを見ていると、嫉妬心と殺意が混ざった苛立ちが、テオドルの胸の奥から込み上げてくる。

この前など、夕焼けを見て「きれいですね」とクライヴに話しかけると、彼はふわりと笑って言ったのだ。

「そうだね、知里の次に……。この世で一番きれいで可愛いのは知里なんだよ」

（はあっ!?）

テオドルは目を丸くし、茜色に染まった端整な横顔を見つめ、ギリギリと奥歯を噛みしめたものだ。

「あのチビのどこがそんなにいいんだよっ。クライヴ様はボクの唯一の家族なのにぃ～」

無意識のうちに唇からこぼれた言葉は、背後から聞こえた声にたしなめられた。

「おや？　俺だってテオドルの家族だよ？」

「ライネ……」

銀髪の奥のグリーンアイを細めて、ライネがテオドルのパソコンの画面を見た。

「クライヴに仕事のメールを送ったのかい？　そんなに急ぐ内容じゃないし、日本にいる間はゆっくりさせてあげればいいのに」

「うっさいなぁ」

急がない仕事だが、嫌味で送ったのだ。これくらいの意趣返しはさせてもらいたい。

クライヴが留守中にあった問合せの内容をまとめようと、パソコンに向かった途端、テオドルの携帯が鳴った。

「クライヴ様からだっ」

満面の笑みを浮かべ、電話に出る。

「——はいっ、ボクです！」

『テオドル、私だ』

「クライヴ様ぁ」

我知らず顔がほころび、甘えた声が出てしまう。電話の向こうでくすっとクライヴが小さく笑った。

『メールを受け取ったよ。留守中、いつもすまないね』

「そうですよ。早く帰ってきてくださいよ」

やはりクライヴがいないとつまらない。

『テオドル、メールの件だが、処理はまだ先で大丈夫だよ。それから……悪いが、こちらでもう一泊したいんだ』

「は……？　もう一泊？」

『問合せがあれば、そう伝えてくれ。頼むよ、テオドル。それじゃあ——』

「ク、クライヴ様……待って、あの……っ」

急がない仕事のメールを送ったりしたせいだろうか。クライヴがいつもより一泊多く、日本に泊まることになってしまった。

（余計なことをしなければよかった……）

悄然と肩を落とすテオドルが携帯を下ろそうとした瞬間、耳元で高い声が響いた。

『あの、すみません、クライヴさんに電話を代わってもらいました、小泉知里です』

ハッとして、携帯を持ち直す。

「――チビ、お前ぇぇ！　よくもボクのクライヴ様を毎週、毎週……、で、何の用だよっ」

いつものように怒鳴るが、知里からは凜とした穏やかな声が返ってきた。

『冬季休暇に入ったら、スウェーデンに行きたいと思っています。またクライヴさんのお屋敷に泊まるので、ご迷惑をおかけしますが、その時はどうぞよろしくお願いします』

「はぁっ？　泊まるって、どのくらいだよ？」

『えっと二週間ほどです』

「ふうん……」

律儀な性格の知里が「お世話になります」と付け加えるのを聞いて、テオドルは眉を上げた。いつものように悪態をつきながら、少しだけ胸があたたかくなるのを感じる。

人間でチビだけど、知里は周囲に気を配れるし、言葉遣いも丁寧で、意外としっかりしていて、彼がいると屋敷の中が明るくなるのだ。

なんだかんだと言いながら、テオドルは知里が来ると聞いて、うれしさを感じていた。

「……わかった。ライネにも伝えておく。……楽しみにしているから」

『えっ？』

思わず本音が漏れてしまい、知里の驚いた声に、我に返ってあわてる。

「あ、いや、違う！　ボクじゃなくて、ライネが！　ライネが楽しみにしてるって、横でそう言ってるんだ。……じゃあな」

電話を切ると、ソファに座ってカメラの手入れをしていたライネに、知里が冬休みに来ることを伝えた。

「そうか、知里くんが来るのか。それは楽しみだね」

「鬱陶しいだけだよっ、人間のチビのくせに」

「テオドル、いい加減、素直になればいいのに」

「うっさい！」

不機嫌な表情でツンと顔を背けるが、テオドルの頭の中では、知里が来た冬休みの計画が次々に浮かんでいた。

（やっぱりスウェーデンの冬はオーロラ観光だな。それからアビスコ国立公園でバックカントリースキーもいいし……チビはスキーできるのかな）

そんなことを考えていると、くすくすとライネが笑っていることに気づいて、テオドルの顔が熱くなる。

窓を開けると、冷気を帯びた風が吹き、テオドルとライネの髪を優しく撫でた。

これから寒い冬が訪れるが、クライヴとライネ、そして知里と一緒にこの屋敷で過ごす冬休みのことを考えると、テオドルの心の中は春がやってきたみたいにわくわくしていた――。

あとがき

こんにちは、一文字鈴（いちもんじりん）です。この度は、たくさんの本の中から、『黄金（きん）の狼は永遠（とわ）の愛を捧ぐ』をお手に取ってくださり、誠にありがとうございます。

大好きな北欧を舞台に、クライヴと知里（ちさと）の物語を書きました。いかがでしたでしょうか？　お楽しみ頂けたなら幸いです。

リンクスロマンスさんで二冊目、紙書籍では七冊目になります。ラッキーセブンです。

最初は、フィンランドを舞台にしたお話にしようと考えていたのですが、北欧についていろいろ調べていくうちに、クライヴはフィンランドやノルウェーより、スウェーデンの方が合っているように感じ、途中で変更しました。

地理を調べ直したり、時間がかかりましたが、とても勉強になりました。

スウェーデンを始め、北欧には美味しい料理がたくさんあります。

趣味が料理ということもあり、資料で読んで気になった料理を、何品か執筆の合間に作ってみたので、ご紹介させていただきます。

スウェーデンの伝統的な家庭料理といえば、「ショットブラール」です。マッシュポテトを添えたスパイシーなミートボールを、苔桃ジャムをつけながら食べます。苔桃ジャムが手に入りにくかったら、クランベリーやグレイビーソースでもいいですし、何もつけずに食べても美味しくて、何個でも食べられます。

知里はミートボールが好きそうなので、喜びそうです。また、テオドルも実はミートボールが好物だったりして、「ボクに寄越せ！」とか言い出しそうだと思いながら食べました。

それから、翔吾さんが作っていた「ピッティパンナ」もスウェーデンでは有名で、我が家でも作ってみました。

じゃがいもを中心に、冷蔵庫に残った食材を、塩コショウで簡単に味付けしたシンプルな炒め物です。上に目玉焼きがのっていることが多く、ご飯が進みます。翔吾さんや英一郎氏が好きそうな味だと思いました。

そしてスウェーデンの伝統料理、「ヤンソンの誘惑」はグラタン料理の一種ですが、ホワイトソースを使わず、じゃがいもと玉葱とアンチョビと生クリームを重ねて焼き上げます。

ほのかに甘く、シンプルな味なので、クライヴやライネが好きそうです。

また、北欧には美味しいスイーツもたくさんあります。

本編でも登場しましたセムラも作ってみました。丸パンを焼き、アーモンドペーストとバニラ味のホイップクリームをたっぷりはさんでいただきます。

知里が驚くのも無理はないほど、甘くて美味しいです。

それから、スモーガストルタも作ってみました。スウェーデンのお祝いの席でよく食べられているサンドイッチケーキです。スポンジケーキに見立てた薄いパンに、卵やハム、野菜などいろいろな具材を挟み、ケーキのように仕上げた華やかなサンドイッチで、クリスマスにもぴったりだと思いました。

ハロングロットルという、ラズベリージャムをのせたクッキーも、生地の甘さとジャムの甘酸っぱさが混ざり合い、しっとりして美味しかったです。


また、本編を書いている間、オオカミを実際に見たいと思うことがあったのですが、オオカミに会える動物園が近くになくて、図書館へ通って資料を集めました。

そういうこともあり、執筆に時間がかかってしまいましたが、料理やお菓子を作っていると、クライヴと知里とライネとテオドルたちが、賑やかにフィーカしている様子が想像でき、すぐそばに知里たちがいるような気持ちがして、夢中になった時間はとても楽しいものでした。

――そして、素敵な表紙と挿絵を描いてくださったのは、カワイチハル先生です。生き生きとしたクライヴと知里を描いてくださり、ゴールドも凛々しくて、いただいたラフ画を見て、うれしくて声を上げてしまいました。

感謝感激です。本当にありがとうございました……！


担当編集者様、相談や質問に真摯に答えてくださり、とても助かりました。この場を借りて御礼申し上げます。

執筆に時間がかかってしまい、すみませんでした。

そして、実は初稿で、クライヴが記憶喪失になるというシーンがあり、知里のことを忘れてしまってさあ大変、という展開だったのですが、バッサリとカットになって、泣きながら懸命に書き直したことも、今ではいい思い出になりました。


応援してくれた家族や友人、そしてツイッターやブログから繋がりのある方々にも、とても励まされました。本当にありがとうございます。

また、他の編集様、デザイナーさん、この本の制作に携わってくださったすべての方に感謝いたします。

そして何より、この本を手に取ってくださり、最後まで読んでくださった皆様へ、心から感謝とお礼を申し上げます。

お手に取って読んでもらえることが、何よりうれしくて書く力となっています。本当にありがとうございました。

この本が出るのは十一月末の予定なので、そろそろ二〇一八年の総まとめの時期だと思います。

今年も健康で、家事と執筆を頑張れたことに感謝しながら、これからも様々な物語を書けるように、精進を重ねていきたいと思います。

少し早いですが、二〇一九年が皆様にとって幸多い年になりますようにと、心よりお祈りしながら……それでは、いつかまたお会いできますように——。

二〇一八年十一月　　一文字鈴

将軍様は新婚中

しょうぐんさまはしんこんちゅう

朝霞月子

イラスト：兼守美行

本体価格 870 円+税

異国出身ながらその実力と功績から『三宝剣』と呼び声高い二十七歳の寡黙な将軍・ヒュルケンと、元歌唱隊所属の可憐な癒し系少年・フィリオ。穏やかな空気を纏う二人は、初心な互いへの想いを実らせ紆余曲折の『仮婚』を経て、めでたく結婚することになった。しかし、そんな幸福の絶頂の最中で、ひとつの問題が…。ヒュルケンはフィリオへの愛を募らせるあまり、『婚礼の儀』に向けた長い準備期間が待てないというのだ。フィリオを独占したいヒュルケンの熱い想いは、無事遂げられるのか…？　硬派で寡黙な将軍と癒し系少年の、溺愛結婚ファンタジー。

リンクスロマンス大好評発売中

黒猫紳士と癒しのハーブ使い

くろねこしんしといやしのハーブつかい

高原いちか

イラスト：古澤エノ

本体価格870円+税

ロンドンの一角にあるティー・ルーム『アップルブロッサム』は、魔物を狩る人ならざる一族の者たちが人間界を行き来するための不思議な通り道。日本からやって来た天涯孤独のエリヤは、このティー・ルームのオーナーで黒猫に変化するマギウスに拾われて『アップルブロッサム』で働くことに。ハーブを調合する天性のセンスと"神のさじ加減"と呼ばれる特別な力を持つエリヤが淹れるハーブティーは、疲れた一族の者たちを癒やしていった。温かな居場所を与えてくれたマギウスに感謝し淡い気持ちを抱き始めるエリヤだが、実はオーナーは仮初めの姿で、真のマギウスは手の届かない存在で…？

竜人は十六夜に舞い降りて

りゅうじんはいざよいにまいおりて

藤崎 都

イラスト：小山田あみ

本体価格 870 円+税

平凡なサラリーマンの秦野蛍は、母を亡くしたあと祖父と暮らしていたが、その祖父も亡くしてしまった。かつて祖父は、怪我をあっというまに治したり竜人の出てくる昔話をしてくれたりと不思議な人だったが、蛍はそんな祖父が大好きだった。そんなある日、いつも蛍にちょっかいをかけてくる寺内から社内で襲われ、つい祖父の形見であるペンダントを握りしめて助けてと祈ってしまう。すると、突然光があふれ出し、オリエンタルな雰囲気の美形すぎる男が現れる。グレンと名乗るその男は、蛍の願いによって異世界から飛んできたと言い、さらには祖父の親友だとも言い出して…!?

リンクスロマンス大好評発売中

王子の夢と鍵の王妃

おうじのゆめとかぎのおうひ

妃川 螢

イラスト：壱也

本体価格870円+税

天涯孤独で施設育ちのサラリーマンの須東珪は、子供の頃からずっと同じ夢を見続けてきている。その夢の中ではいつも同じ大切な幼馴染みが寄り添ってくれていた。今日も同じ夢を見て目覚め、一日会社で働いて帰る何気ない一日だったが、帰り道に突然ヴィルフリートと名乗る、黒髪碧眼の美形な男が現れ、異世界へと連れていかれてしまう。その世界で珪は行方不明となっていた鍵と呼ばれる存在で、次期国王・ヴィルフリートの妃になるのだと告げられる。しかし、状況が飲み込めない珪はそれを断固として拒否するが、過去に結婚すると約束していると知らされて…。

薔薇の嫁入り

ばらのよめいり

水無月さらら

イラスト：北沢きょう

本体価格 870 円+税

平和な小国グロリアの末王子フロリアンは、遠い昔王家にかけられた魔法により感情の昂りによって女性にも男性にも変化する性的に不安定な身体を持っていた。そんなある日、姫として幸せに暮らすことを望む王妃によって隣国アヴァロンの次期国王リュシアン王子との縁談話が持ち込まれる。はじめは反発していたフロリアンだったが、偶然にも彼に窮地を救われ、その逞しさと優しさに一目で惹かれてしまったのだった。少年の姿だったため、リュシアンには王女付きの少年騎士だと誤解されたフロリアンだったが、その関係のまま二人は徐々に距離を縮めていき…？

リンクスロマンス大好評発売中

インキュバス孕スメント

いんきゅばすはらすめんと

三津留ゆう

イラスト：尾賀トモ

本体価格870円+税

ここは新宿・歌舞伎町にある世界悪魔協会東京事務所。悪魔たちの使命は、人間を堕落させて構成員を増やすことだ。ところが新入りの友也は、淫魔なのに誘惑術をろくに使えないため、毎月の堕落ノルマがまったく達成できない。「このままでは悪魔資格を剥奪されちゃう…。一発逆転するには、最も危険な手段“聖職者の精液で子を孕み、この世にたくさんの悪をばら撒く”しかない…！」そう覚悟して獲物探しに出かけた友也は、街はずれの教会で穏やかそうな美貌の神父・氷川に目を付けたけれど…!?

LYNX ROMANCE

小説原稿募集

リンクスロマンスではオリジナル作品の原稿を随時募集いたします。

募集作品

リンクスロマンスの読者を対象にした商業誌未発表のオリジナル作品。
（商業誌未発表のオリジナル作品であれば、同人誌・サイト発表作も受付可）

募集要項

＜応募資格＞
年齢・性別・プロ・アマ問いません。

＜原稿枚数＞
４５文字×１７行（１枚）の縦書き原稿、２００枚以上２４０枚以内。
※印刷形式は自由。ただしＡ４用紙を使用のこと。
※手書き、感熱紙不可。
※原稿には必ずノンブル（通し番号）を入れてください。

＜応募上の注意＞
◆原稿の１枚目には、作品のタイトル、ペンネーム、住所、氏名、年齢、電話番号、メールアドレス、投稿（掲載）歴を添付してください。
◆２枚目には、作品のあらすじ（４００字～８００字程度）を添付してください。
◆未完の作品（続きものなど）、他誌との二重投稿作品は受付不可です。
◆原稿は返却いたしませんので、必要な方はコピー等の控えをお取りください。
◆１作品につき、ひとつの封筒でご応募ください。

＜採用のお知らせ＞
◆採用の場合のみ、原稿到着後６カ月以内に編集部よりご連絡いたします。
◆優れた作品は、リンクスロマンスより発行させていただきます。
原稿料は、当社既定の印税でのお支払いになります。
◆選考に関するお電話やメールでのお問い合わせはご遠慮ください。

宛先

〒151-0051
東京都渋谷区千駄ヶ谷４−９−７
株式会社　幻冬舎コミックス
「リンクスロマンス　小説原稿募集」係

この本を読んでの
ご意見・ご感想を
お寄せ下さい。

〒151-0051
東京都渋谷区千駄ヶ谷4-9-7
(株)幻冬舎コミックス　リンクス編集部
「一文字鈴(いちもんじりん)先生」係／「カワイチハル先生」係

リンクス ロマンス

黄金の狼は永遠の愛を捧ぐ

2018年11月30日　第1刷発行

著者……………一文字鈴(いちもんじりん)
発行人…………石原正康
発行元…………株式会社　幻冬舎コミックス
〒151-0051　東京都渋谷区千駄ヶ谷4-9-7
TEL 03-5411-6431（編集）
発売元…………株式会社　幻冬舎
〒151-0051　東京都渋谷区千駄ヶ谷4-9-7
TEL 03-5411-6222（営業）
振替00120-8-767643
印刷・製本所…株式会社　光邦
検印廃止

ISBN978-4-344-84348-6 C0293
Printed in Japan

幻冬舎コミックスホームページ　http://www.gentosha-comics.net

本作品はフィクションです。実在の人物・団体・事件などには関係ありません。